A Faint Cold Fear Thrills Through My Veins · William Shakespeare

Zu diesem Buch

Jarosewitch ist also tot... Wen wundert's? Der zwielichtige Juwelier säße schon lange – und lebendig – hinter Gittern, wenn es den Kollegen vom zuständigen Dezernat gelungen wäre, ihm etwas nachzuweisen – Hehlerei, zum Beispiel. Aber jetzt ist er tot, ermordet im Tauerntunnel, auf eine unangenehm professionelle Art... Machen sich die «Multis» der internationalen Unterwelt neuerdings auch im bisher vergleichsweise friedlichen Stuttgart breit? – Jedenfalls landet die Akte Jarosewitch – die Kollegen vom bisher zustängigen Dezernat atmen auf – auf Bienzles Schreibtisch.

Ernst Bienzle, Kriminalhauptkommissar und Leiter der Stuttgarter Mordkommission, liebevoll-bösartig-neidisch genannt «der Nesenbach-Maigret» (denn Stuttgart liegt, was nicht jedermann weiß, am Nesenbach) – Ernst Bienzle beißt die Zähne zusammen (die sonst wenig zu beißen kriegen, denn seine Frau hat ihn auf Joghurt-Diät gesetzt) und geht den Fall auf seine berühmt-berüchtigte, sehr unkonventionelle, vor allem sehr schwäbische Art an.

Erfolg: eine Zeugin wird angeschossen – in Bienzles Gegenwart; einer der Beihilfe Verdächtigen kann er noch eben in letzter Minute das Leben retten, dann jedoch – immerhin – die erste Verhaftung vornehmen. Aber er hat nur einen kleinen Fisch an der Angel. Der packt zwar aus, und Bienzle erfährt einiges über die Hintergründe des spektakulären Mordes im Tauerntunnel – aber beweisen kann er nichts, und an die Drahtzieher kommt er nicht heran...

Und das bei Joghurt-Diät!

Felix Huby lebt als Journalist und freier Schriftsteller in Stuttgart. Er hat bereits Sachbücher und einen Abenteuerroman für Kinder veröffentlicht. In der Reihe rororo-thriller liegen vor: Der Atomkrieg in Weihersbronn (Nr. 2411), Ach wie gut, daß niemand weiß... (Nr. 2446), Sein letzter Wille (Nr. 2499), Schade, daß er tot ist (Nr. 2584), Bienzle stochert im Nebel (Nr. 2638), Bienzle und die schöne Lau (Nr. 2707), Bienzles Mann im Untergrund (Nr. 2768) und Bienzle und das Narrenspiel (Nr. 2872).

Felix Huby

Tod im Tauerntunnel

rororo

Rowohlt

rororo thriller
Herausgegeben von Bernd Jost

44.–47. Tausend Januar 1989

Erstausgabe
Veröffentlicht im Rowohlt Taschenbuch Verlag GmbH,
Reinbek bei Hamburg, Juli 1977
Redaktion K. Schelf
Umschlagentwurf Manfred Waller
(Foto: Fotoverlag Reinhold Jungels / R. Gumbert)

Satz Aldus (Linotron 505 C)
Gesamtherstellung Clausen & Bosse, Leck
Printed in Germany
680-ISBN 3 499 42422 3

Die Hauptpersonen

Knut Jarosewitch	handelt erst mit Schmuck, dann mit gestohlenem Schmuck und am Ende mit Zitronen.
Hedwig Jarosewitch, geb. Bäuerle	ist fortan eine schöne, im übrigen nicht allzu gramgebeugte Witwe.
Geza Korbut	landet trotz ungarischer Vorfahren hinter schwedischen Gardinen.
Hannelore Schmiedinger	weiß mehr, als ihrer Gesundheit zuträglich ist.
Antonio Breda	lebt von kleinen Trinkgeldern und hat Angst, am großen Nebenverdienst zu sterben.
Heinrich («Heini») Bernsteiner	tanzt auf mehreren Hochzeiten.
Fontana	setzt sich eben noch rechtzeitig ab.
Irene Korbut	wird geliebt und liebt den Falschen.
R. A. Lothar Bäuerle	scheuet Recht und tuet nie was.
Max Grüner	tut eine ganze Menge und wird aus dem Verkehr gezogen.
Rosemie Stern	schreit, kratzt und kommt nicht mehr zum Beißen.
Die Weiße Wolke	heißt eigentlich Hans Hartmann und hat erstklassige Tischmanieren.
Hanna Bienzle	wartet, wartet, wartet – und hält das Essen warm.
Kriminalanwärter Haussmann	hat Grips, Glück und eine Freundin.
Kriminalmeister Gächter	hat keine Nerven, aber Phantasie.
Kriminalhauptkommissar Bienzle	hat gelegentlich die Nase voll.

Dies ist ein Roman; Personen
und Ereignisse sind frei
erfunden, und jede Ähnlichkeit
mit der Realität könnte nur
auf einem Zufall beruhen.

F. H.

Ernst Bienzle sitzt mißmutig am häuslichen Küchentisch und stochert mit dem Kaffeelöffel in seinem Joghurtbecher herum. Er blinzelt zu Hanna, seiner Frau, hinüber. Den Bademantel hat sie nun schon seit mindestens zehn Jahren. Ich sollte ihr mal einen neuen schenken, denkt er und dann gleich: Wozu auch? Ein neuer Bademantel würde sie auch nicht verändern . . . Ernst Bienzle schiebt den Löffel in den Mund. Da läßt er ihn stecken, ohne den wabbeligen Joghurt hinunterzuschlucken.

«Guck net so», mümmelt seine Frau, «du träumst. Ein Kriminalkommissar, der träumt –»

Er schaut sie unverwandt an und murmelt den Löffelstiel entlang: «Von wegen träumen . . .» Dann nimmt er den Löffel aus dem Mund, stößt ihn in den Plastikbecher zurück, steht auf, greift seinen Trenchcoat und eine abgewetzte angeschmutzte Aktentasche, imitiert einen Kuß aufs ungeordnete Haar seiner Ehefrau, verläßt das Häuschen am Stadtrand von Stuttgart, klettert in seinen VW-Variant, fährt, ohne zurückzusehen, los, hält drei Straßenecken weiter vor der Metzgerei Schäuffele, verlangt «ein viertel Pfund warmen Leberkäs», erfährt, daß es um diese Zeit noch keinen warmen Leberkäse gibt, verlangt daraufhin «dreihundert Gramm kalten Leberkäs und ein Brötchen», verbittet sich, daß die Metzgersfrau das Vesper einwickelt, schiebt das Stück Leberkäse mit einer Hand in den Mund, zahlt mit der andern, wirft der Frau hinter der Theke einen wütenden Blick zu, als sie sagt: «Sie sind wohl zur Zeit gerade wieder auf Diät gesetzt, Herr Bienzle?», und macht sich auf den Weg ins Büro.

Im Autoradio hört er Nachrichten. Atomgegner haben wieder einmal erfolgreich das Gelände für ein geplantes Kernkraftwerk besetzt, die Polizei ist nach heftigen Auseinandersetzungen abgezogen. Die Besetzer richten sich auf längere Zeit ein, bauen jetzt ein Gemeinschaftshaus . . .

«Gut so», murmelt der Kommissar. Vor einem Jahr hatte er den Diebstahl radioaktiven Mülls aus dem Kernkraftwerk in Weihersbronn und einen damit zusammenhängenden Mordfall zu klären. Seitdem sind seine Vorurteile gegen Atomkraftwerke womöglich noch gewachsen. Dann plötzlich richtet er sich hinter seinem Steuer ruckartig um wenige Zentimeter auf.

Knut Jarosewitch, ein in Stuttgart wohlbekannter Schmuckkauf-

mann, sagt die teilnahmslose Stimme des Sprechers, *ist auf mysteriöse Weise ums Leben gekommen. Am Hochtauern in Österreich haben Autofahrer den auf mehrere Millionen Vermögen geschätzten Kaufmann erschossen in seinem Wagen aufgefunden.*

«Es gibt doch nichts Ungenaueres als solche Radionachrichten», schimpft Bienzle. Knut Jarosewitch, der wohlbekannte Stuttgarter Schmuckhändler, der Hehler, den man nie zu fassen kriegte . . . Jetzt hatte ihn wohl einer zu fassen bekommen.

Bienzle empfindet keine Genugtuung. Er weiß, daß seine Kollegen oft versucht haben, den Juwelier zu überführen. Jeder in Stuttgarts Altstadt wußte, daß er Schmuck aus Einbrüchen aufkaufte, zerlegte, neu faßte und weiterverkaufte. Einmal im Sommerurlaub hatte Bienzle die Weiße Wolke, einen wegen seines Captagon-Verbrauchs so genannten Kleingangster, auf Mallorca getroffen. «Wie kommen Sie denn in so a feins Hotel?» hatte Bienzle ihn gefragt. Nach drei Abenden und diversen Pernods an der Hotelbar wußte der Kommissar, daß dies erstens kein feines Hotel sei, gemessen an . . . und daß zweitens ‹eine Reisetasche voller Klunker bei Jarosewitch› noch allemal einen runden Pauschalbetrag von siebeneinhalb Riesen einbringe. Einzige Bedingung des Schmuckhändlers: der Lieferant müsse für zwei bis drei Monate verschwinden, am besten auf eine Insel weit weg, und da gebe es doch so billige Flüge mit Reisebüros nach Teneriffa oder Mallorca.

Ein paar Wochen später, daheim in der Weltstadt zwischen Wald und Reben, wollte die Weiße Wolke nichts mehr davon wissen. Der kleine Ganove war in die Polizeidirektion in der Dorotheenstraße gekommen, weil er im Vollrausch versucht hatte, einen Taxifahrer mit vorgehaltener Pistole dazu zu zwingen, einen Zwergesel, den er im Remstal erstanden hatte, in die Stadt zu fahren. Das war das einzige Mal, daß man bei der Weißen Wolke eine Waffe gesehen hatte.

Bienzle schiebt das letzte Stück Brötchen zwischen die Zähne und wischt seine Finger an der Seite seines Fahrersitzes ab. Mißmutig schaut er auf seinen Bauch, über dem sich das weiße, jetzt mit Krümeln übersäte Hemd spannt.

Im Büro wirft er den Mantel über die offene Hängeregistratur, schiebt den Aktenberg von der rechten auf die linke Schreibtischseite, stellt das Radio an, sucht, bis er das klassische Konzert findet, und fixiert Karl

Gächter, den schlaksigen Kriminalmeister, der ihm gegenübersitzt.

«Schon gehört?» fragt der.

«Mhm, der Jarosewitch . . . Weiß man schon was?»

«Das ist wohl der verrückteste Mord seit langem», grinst Gächter, der um nichts in der Welt bereit gewesen wäre, seine Story anders zu erzählen als so, wie er sie sich zurechtgelegt hat.

«Na dann, wenn du mal Zeit hast, kannst du's mir ja erzählen», sagt Bienzle, der um nichts in der Welt seine Neugierde eingestanden hätte, und griff nach der Akte Pedro Calvari.

«Paß auf», sagt Gächter, «der Jarosewitch war wohl auf der Fahrt nach Bologna zum Boxkampf.»

«Alle Ganoven treffen sich bei den Boxkämpfen, das ist nicht neu», mault der Kommissar.

«Richtig. Also, er fährt mit seinem Mercedes 450 SE von Badgastein zur Autoverladestation am Tauerntunnel – was weiß ich, warum er den Umweg gemacht hat; durch die Schweiz nach Mailand und von da Autobahn ist viel näher . . . Na ja; Geschäfte wahrscheinlich. Jedenfalls, irgendwo kurz vor der Verladestation muß ihn der Täter überholt haben.»

«Du hast den Fall wohl schon gelöst? Woher willst du das denn wissen?»

«Weil ich da auch schon gefahren bin. Also: Jarosewitch zahlt seine Gebühr und fährt auf den Autozug . . . Verstehst du mich?»

«Nein, das ist mir zu kompliziert. Aber nimm keine Rücksicht.»

«Also: Er fährt da rauf, macht seinen Liegesitz lang und streckt sich aus. Der Zug fährt los, und zwar so, daß die Autos sozusagen rückwärts fahren.»

«Sozusagen.»

«Rein in den Tunnel. Und da ist es stockfinster.»

«Was du nicht sagst!»

«Der Täter sitzt drei oder vier Autos vor Jarosewitch. Jetzt macht er vorsichtig die Deckenbeleuchtung aus, öffnet die Tür, läßt sich hinausgleiten, schleicht an den Wagen entlang, unterhalb der Fenster, so daß man ihn nicht sehen kann, bis zum Mercedes von unserem Schmuckmillionär. Dann schnellt er plötzlich hoch, richtet seinen Revolver auf Jarosewitch, drückt ab, läßt sich fallen, kriecht zurück, schlüpft wieder in sein Auto und läßt sich gemächlich in die Polster sinken und nach Mallnitz kutschieren.»

Bienzle schaltet das Radio aus. «Spannend, spannend ... Und wie sieht er in der Dunkelheit, wo er hinschießen muß?»

«Taschenlampe.»

«Sieht man doch. Fällt auf.»

«Ach, das merkt doch niemand. Ich meine, da macht doch jeder mal Licht.»

«Mündungsfeuer?»

«Das gleiche. Da hat sich jemand 'ne Zigarette angesteckt.»

«Und den Schuß hat keiner gehört?»

«Mitten im Tunnel? Und vielleicht hat er sogar noch einen Schalldämpfer gehabt.»

«Mhm ...»

«In Mallnitz auf der anderen Seite des Tunnels wird die Rampe wieder angebracht; die Autos fahren nach vorne runter. Der Täter fährt, dann der nächste, dann der übernächste und so weiter. Und dann wäre Jarosewitch dran. Aber der fährt nicht. Liegt da ruhig in seinem zurückgestellten Sitz und fährt nicht. Der Hintermann hupt. Hupt einmal, zweimal – der Mercedes rührt sich nicht von der Stelle. Jetzt steigt der Fahrer aus, und von vorn kommt ein Bahnbeamter. Sie erreichen den Mercedes zur gleichen Zeit und sehen den Toten. Da liegt er mit einem Loch im Kopf, und das Blut rinnt ihm am Nasenbein entlang.»

«Do guckscht», murrt Bienzle, der sich sonst eines gepflegten Amtsdeutsches bedient. «Du solltest dich mal beim Fernsehen als Kriminalschreiber bewerben.»

«Außerdem hat der Chef gesagt, du sollst gleich rüberkommen, wenn du da bist.»

«Das fällt dir jetzt erst ein?» schimpft Bienzle, und dann brüllt er: «Mensch, iß nicht, solange ich zugucken muß!»

«Du gehst ja jetzt zum Chef», grinst Gächter und beißt von seinem Leberwurstbrot ab. Und dann: «'tschuldige, ich hab ganz vergessen, daß du wieder mal erfolgreich hungerst.»

An der Tür dreht sich Bienzle noch einmal um und fragt: «Und der Täter?»

«Was ist mit dem Täter?»

«Ja eben – was ist mit ihm? Hat man ihn gefaßt?»

«Das sollst ja wohl du tun. Bis die auf dem Zug gemerkt haben, was los war, ist der doch längst davongefahren.»

«O du liabs Herrgöttle von Biberach, wia hent di d' Mucke verschissa!»

Mit diesem seinem Lieblingsspruch zieht Bienzle die Tür leise hinter sich zu.

Der Chef der Kriminalpolizei, Direktor Hauser, Schwabe wie Bienzle, kennt den Leiter der Mordkommission seit gemeinsamen Schultagen. Sie waren beide im traditionsreichen Stuttgarter Eberhard-Ludwig-Gymnasium ‹erzogen› worden – Bienzle bis zur mittleren Reife, Hauser bis zum Abitur. Trotz allem macht Bienzle mit Hauser eine Ausnahme in seiner abgrundtiefen Abneigung gegen alle ‹Schtudierte›.

«Sie haben mich rufen lassen, Herr Direktor.»

«Ich hab g'sagt, do sollscht rüberkomme», sagt der und stellt damit die zwischen ihnen üblichen Gesprächsbedingungen her. «Du hast ja sicher die Jarosewitch-Sache schon gehört.»

«Ja, aber die spielt in Österreich, und ich bin Schwabe.»

«Die Sache spielt zum Teil wohl auch hier. Unsere schnellen österreichischen Kollegen haben nämlich festgestellt, daß sich der Täter offensichtlich bereits wieder auf den Rückweg begeben hat.»

«So.»

«Ja, ein grüner Porsche mit Waiblinger Kennzeichen ist einem italienischen Autofahrer aufgefallen, weil er wenige Kilometer nach Mallnitz auf der Straße gewendet hatte, zum Bahnhof zurückgefahren war und sich auf den nächsten Zug stellte, um offensichtlich nach Gastein zurückzukutschieren.»

«Der hat Nerven. Und warum hat ihn keiner gestellt?»

«Also ehrlich, Ernst – hättest du so schnell geschaltet? Der Gegenzug fuhr sechs Minuten nach Ankunft wieder Richtung Grenze, da hatten sich die Ortspolizisten noch nicht einmal vom Schrecken erholt.»

«Jetzt guck do na, ein Killer mit Konzept», sagt Bienzle und wuchtet sich aus dem Besuchersessel hoch. «Und wo ist der Waiblinger Porsche jetzt?»

«Zwei Kilometer südlich Ortsausgang Badgastein im Straßengraben. Der Porsche war gestohlen, und die Nummer war gefälscht, die gibt es nämlich in Murrhardt, Kreis Waiblingen, am Ford Granada eines über jeden Verdacht erhabenen Gastwirts.»

«Sei so gut und red nicht von Gastwirtschaften!»

Hauser grinst unverschämt.

«Also», sagt Bienzle, «Jarosewitch fährt nach Bologna zum Boxkampf

– warum er den Umweg über Österreich macht, wissen wir nicht. Vermutlich ist dort das übliche Ganoventreffen – Hehler, Zuhälter und Einbrecher unter sich; die Gemeinde. Das muß einer gewußt haben. Und das mit dem Umweg auch. Sein Killer wartet am Ortsausgang Gastein, bis der Mercedes auftaucht; er hängt sich dran, schießt rechtzeitig vorbei, um ein paar Wagen vor Jarosewitch auf den Zug zu kommen – und so weiter . . .»

«Und woher willst du wissen, daß er nicht am Bahnhof gewartet hat?»

«So etwas weiß Gächter, der Episodenerzähler, und meistens geben unsere Ermittlungen seinen phantasievollen Theorien recht . . . Aber es spricht ja auch so einiges für diese Version: Der Mörder knallt unseren Schmuckhändler im Tunnel ab, fährt seelenruhig vom Zug herunter, wendet, sobald er außer Sichtweite ist, und während auf dem einen Zug die große Verwirrung herrscht, fädelt er sich seelenruhig auf dem Gegenzug ein . . . Sauber, sauber! Und dann schmeißt er die Karre weg und steigt in das Auto irgendeines freundlichen Komplicen, der ihn erwartet hat. Wahrscheinlich hat der ihn bis zum nächsten Bahnhof gefahren, und unser Killer hat den nächsten bequemen Zug genommen. Oder er macht wohlverdiente Ferien im sonnigen Badgastein . . . Do kenntescht auf der Sau naus!»

«Ja, ja, so wirds schon gewesen sein. Und die Mordwaffe . . .»

«. . . liegt in der Breitachklamm oder wie der Bach dort heißt», sagt Bienzle und läßt sich krachend in den Besuchersessel fallen.

«Die österreichischen Kollegen haben uns freundlicherweise einen Ermittlungsauftrag zukommen lassen. Du mußt versuchen, an die Sache ranzukommen», sagt Hauser, und das klingt überhaupt nicht sonderlich hoffnungsvoll.

«Ein Fall für Bienzle», höhnt der. «Kein Hinweis, kein Indiz, keine Mordwaffe und allenfalls ein verschwommenes Motiv. Weiß ich denn, ob seine Alte . . .»

«. . . die ist gerade 25 geworden . . .»

«Ist doch mir egal», sagt Bienzle.

Aber so egal ist es ihm dann doch nicht. Als er seinen VW vor der Villa in der Hasenbergsteige abstellt und am Gartentor klingelt, rückt er die Krawatte förmlich zurecht und schaut unbehaglich auf den gepflegten englischen Rasen und die alten Bäume. Zu reichen Leuten geht Bienzle nicht gern. Es macht ihn befangen, in Räumen umherzugehen, die für seine Begriffe allenfalls ins Kino gehören.

Ein junger Mann, begleitet von einer riesigen Dogge, kommt ans Tor. Bienzle zeigt wortlos seinen Ausweis und wird mit einer leichten Verbeugung eingelassen.

Von der Haustür bis zur Zimmertür am Ende der Diele ist es fast so weit wie vom Gartentor zum Haus. Die Frau sitzt am Panoramafenster mit Blick über Stuttgarts Innenstadt bis hinauf zum Fernsehturm. Sie ist in schlichtes Schwarz gekleidet. Bienzle fällt einer der bösesten schwäbischen Männersprüche ein: Manchmal wenn de a andere Frau siehscht, merkscht erscht, was da dahoim für an Kruscht hascht! Dann räuspert er sich, geht auf die Dame zu, von der er aus den Akten weiß, daß sie einst im ‹Chez Nous› den Gästen Wasser in den Wein tat, gibt ihr die Hand und sagt: «Sie gestatten, daß ich mir Beileidskundgebungen erspare.»

Hedwig Jarosewitch, geborene Bäuerle, Sproß aus einer Tuttlinger Schreinerfamilie, ist verwirrt und nickt nur.

Bienzle weiß nicht, wo er anfangen soll. In Krimis ist das immer ganz einfach. Da haben die Edelganoven auch schöne junge Frauen, die ursprünglich aus weniger betuchten Kreisen stammen, aber die sind dann berechnend und versuchen den Polizisten zu verführen.

Bienzle wollte noch keine verführen. Dabei sieht er gar nicht so schlecht aus. Er ist 1,88 Meter groß, breitschultrig und, abgesehen von seinem ausgeprägten Bauchansatz, nicht zu dick. Sein Gesicht ist scharf geschnitten, die Nase etwas zu lang, das Kinn etwas zu weit vorgestreckt, die Stirn zu hoch im Verhältnis zur übrigen Gesichtsfläche, aber alles in allem ist es ein guter kantiger Kopf, den er da mit sich herumträgt. Seine schwarzen Haare fallen lockig über die rechte Stirn, wenn er den Kopf bewegt. Und die Augen, eines braun und eines braungrün, sehen immer nachdenklich aus – ‹tief›, sagen manche Frauen und andere ‹warm›. Daß Bienzle keinen Erfolg bei Frauen hat, liegt an seinem Phlegma. Er bemüht sich nicht. Nicht daß er kein Interesse hätte, aber da müßte schon eine einen sehr geschickten Anfang machen, damit es auf ihn nicht berechnend oder nuttig wirken würde, und die keinen Anfang machen, an die traut er sich nicht heran. Und im übrigen ist da ja auch noch Hanna, die er zwar schon lange nicht mehr liebt, aber mit der es sich leben läßt. Bienzle ist 37 und denkt jetzt manchmal, daß er bald anfangen müßte, wenn er noch mal neu anfangen wollte.

Vor dem Fenster blüht ein ausladender Jasminstrauch. Es ist knisternd heiß; so ein Wetter, das einen Kriminalkommissar, der sich nicht an strenge Dienststunden halten muß, schon einmal dazu bringt, einfach hinauszufahren in den Schönbuch oder auf die Schwäbische Alb, sich ins hohe Gras zu schmeißen und in den Himmel zu gucken, wie die Zeit vergeht.

Aber Ernst Bienzle ist in einem Trauerhaus. Er schwitzt und schweigt, bis Hedwig – wie kann eine solche Frau nur Hedwig heißen? – sagt:

«Was möchten Sie denn, Herr Inspektor?»

«Jetzt bin ich Hauptkommissar, aber das macht nichts.» Er merkt sofort, daß das ein blöder Satz ist.

Sie sagt: «Setzen Sie sich.»

Er tut's.

«Wenn Sie mir jetzt alle Fragen stellen wollen, die man immer so hört, also ob mein Mann Feinde hatte, was er vorhatte, ob er mit jemand Streit hatte – ich weiß gar nichts.»

«Natürlich . . .» Dann gibt er sich einen Ruck: «Ihr Mann *hatte* Feinde, und die kenne ich zum Teil; was er vorhatte, weiß ich ungefähr, und ob er mit jemand Streit hatte, wird sich herausstellen . . . Sind Sie gut mit ihm ausgekommen?»

«Er ist . . . Er war mein Mann!»

«Als ob das was heißen müßte», sagt Bienzle, mehr zu sich selbst und ohne auf Hedwigs Empörung zu achten. «Hätten Sie einfach ‹ja› gesagt oder vielleicht ‹ich hab ihn liebgehabt› . . . Aber es ist egal.»

Sie fährt auf, will etwas entgegnen, überlegt sich's dann aber anders.

Bienzle sitzt da und weiß nicht recht, was er soll. Da ist ein Mordfall, und man fängt an zu recherchieren. Irgendwo. Bienzle hat sich noch nie hingesetzt und einen Plan gemacht, wie er vorgehen wollte. Strategie ist ein Wort, das ihm nichts bedeutet. Aber ein Maigret ist er auch nicht, wenn auch die örtlichen Zeitungen manchmal vom ‹Nesenbach-Maigret› geschrieben haben – Stuttgart liegt nicht am Neckar, sondern am Nesenbach; nur Bad Cannstatt liegt am Neckar, worauf die Cannstatter größten Wert legen. Bienzle ist zäh, ausdauernd, geduldig, wenn er arbeitet. Privat ist er eher launisch und aufbrausend.

Er hat Durst. Schluckt zweimal trocken und faßt sich verstohlen an den Hals. Hedwig fragt sofort, ob er etwas zu trinken wolle, und er kann sich selbst nicht erklären, warum er «nein, danke» sagt.

Die meisten Fälle löst er, und oft ist er hinterher selbst erstaunt, wie das gekommen ist. Dem fällt alles zu, sagen die gutgesinnten Kollegen, und Leute im Präsidium, die ihn nicht mögen, sagen, dem lauft dr Rotz rückwärts nuff – was freilich nur Schwaben verstehen.

«Was wollte Ihr Mann in Italien?» fragt Bienzle.

«Er war geschäftlich unterwegs.»

«An- oder Verkauf?»

«Das hat er mir nicht gesagt. Ich weiß nur, daß er zuerst nach Bologna und dann nach Florenz wollte.»

«Wissen Sie, mit wem er verabredet war?»

«Nein.»

«Hat er Ihnen eine Adresse hinterlassen, unter der Sie ihn hätten erreichen können?»

«Nein.»

«Das glaube ich nun nicht», sagt Bienzle; «ein so bedeutender Geschäftsmann kann doch nicht für Tage geschäftlich verreisen, ohne zu hinterlassen, wo man ihn erreicht.»

«Ich kann's nicht ändern», sagt sie. Und dann mit leicht angehobener Stimme: «Ach, Heini – bring mir doch einen Kaffee!»

Heini, der junge Mann, der Bienzle eingelassen hat, muß die ganze Zeit in Hörweite gestanden haben.

«Kommt gleich», sagt er von der Tür her.

«Glauben Sie, daß jemand anders eine Ahnung haben könnte, wo er verhandeln wollte, in welchem Hotel er absteigen wollte und so weiter?» fragt Bienzle müde.

«Vielleicht das Sekretariat.»

Das klingt wie bei einem Minister oder doch bei einem Staatssekretär, denkt Bienzle; *das Sekretariat* . . . «Wissen Sie, mit wem er in den letzten Tagen in Verhandlungen stand? Hier in Stuttgart, meine ich.»

«Nein.»

«Kein Besuch?»

«Nur Freunde.»

«Zum Beispiel?»

«Ich weiß nicht, was Sie das anginge.»

«Wie alt war der selige Verstorbene?» fragt Bienzle.

Ehe sich Hedwig wundern kann, sagt sie: «Einundsechzig.»

Der Kaffee kommt. Bienzle bekommt auch eine Tasse und ist froh darüber. Es ist schon nach zwölf, und Bienzle verspürt Hunger. Er denkt an warmen Leberkäs.

«Irgend jemand muß Interesse an seinem Tod gehabt haben – und zwar einer, der sein Handwerk versteht», philosophiert Bienzle und rührt in seinem Kaffee, «oder einer, der jemand bezahlen kann, der sein Handwerk versteht . . .» Und nach einer kleinen Pause: «Sie können mir wohl gar nicht helfen, Frau Jarosewitch?»

«Nein.»

«Es sieht – entschuldigen Sie – ganz so aus, als ob Sie gar kein Interesse an der Aufklärung des Mordes hätten. Sie geben sich nicht einmal Mühe, sich zu erinnern», sagt er lahm.

«Er ist tot.»

Bienzle scheint es, als ob sie dabei ein wenig gelächelt hätte. Er steht auf und sagt: «Ich werde wohl in ein paar Tagen wiederkommen, vielleicht auch früher. Dann weiß ich mehr. Und dann werde ich Ihnen ganz andere Fragen stellen.»

Sie sieht ihn verständnislos an.

Schön, aber dumm, denkt er und ist sicher, daß sie sich nicht verstellt. Er packt seinen hellen Mantel, nickt ihr zu, sagt «ich finde raus». An der Tür steht die Dogge und knurrt.

«Vorsicht!» sagt der junge Mann.

Bienzle geht auf den Hund zu, krault ihn hinter dem Ohr, faßt ihn unter der Schnauze und sieht ihm in die Augen. «Das wäre der erste Hund, der mich beißt», sagt er und verläßt die Villa.

Vorbei an den Prachtbauten rollt sein Wagen durch die enge Villenstraße talwärts. Da rechts liegt das Haus des berühmten Bildhauers, dessen ‹Platzmale›, bunte Plastiken, in der Stadt herumstehen, als ob sie dem hochragenden Beton etwas anhaben könnten. Unter einer riesigen Kastanie steht ein Telefonhäuschen. Bienzle ruft Gächter an.

«Schick mal einen, der das kann, hier rauf; er soll den Schuppen der seligen Witwe beobachten. Ich will wissen, wer kommt und geht. Ich bleib hier, bis er da ist.»

Auf der anderen Straßenseite steht eine Bank. Bienzle setzt sich in die Sonne und ärgert sich, weil er Gächter nicht gesagt hat, der Kollege soll ihm etwas zu essen mitbringen. In den Zweigen sitzen zwei Vögel und zwitschern sich zu. Die Sonne scheint auf Bienzles Beine; er streckt sich wohlig aus und zündet sich eine Schimmelpenninck Febrero an. Jede Woche versucht er andere Zigarren und Zigarillos und kehrt immer reumütig zu den Vierzigern in der Blechschachtel zurück.

Ein Volvo kommt den Weg heraufgeschossen. Zu schnell für diese Straßenführung. Bienzle blinzelt und notiert sich die Nummer im Kopf.

Kaum ist das Auto außer Sichtweite, da hält es auch schon mit quietschenden Bremsen. Könnte vor Jarosewitchs Haus sein, denkt Bienzle. Er summt vor sich hin: «Im Märzen der Bauer die Rößlein einspannt . . .» Er denkt an zu Hause. An das Dorf mitten im Wald, an Heu, an Most, Schwarzbrot und Speck. «Lange Sommernächte, lange Gräser», sagt er vor sich hin, ohne sich richtig daran zu erinnern, daß das aus einem der Gedichte ist, die er als Sechzehnjähriger zu Dutzenden geschrieben hat.

Als der junge Kriminalanwärter Haußmann kommt, ärgert sich Bienzle, denn jetzt muß er aufstehen und weitermachen. «Ein stahlblauer Volvo, S–ZW–984», sagt er. «Ein Mann drin, Schnauzbart und Schiebermütze. Ich muß wissen, wer er ist und was er da will.»

«Klar», sagt der junge Kollege. Er hat seinen Ford hinter Bienzles VW geparkt.

«Das Auto lassen Sie hier stehen. Das Haus ist ein paar hundert Meter weiter oben. Und Vorsicht – es gibt da einen bissigen Hund.»

Haußmann nickt und fragt: «Haben Sie hier irgendwo einen Blumenladen gesehen?»

«Nein, aber wenn Sie Blumen für Ihre Braut kaufen wollen, verwelken die nur, bis Sie das Mädchen treffen.»

«Ich dachte mehr an einen Trauerstrauß», sagt der junge Beamte.

«Pfiffig», meint Bienzle ohne Begeisterung und denkt dann doch, den werde ich mir mal merken; kreativer junger Beamter . . . Dann fährt er stadtwärts.

In der Stadt ist nichts von der frischen Sommerluft zu spüren. Stuttgarts City ist ein Kessel, in dem die Luft stockt, weil besonders begabte Städtebauer Straßen und Häuserblocks im Süden der Stadt so plaziert haben, daß eine Luftzirkulation nicht mehr möglich ist.

Bienzle betritt das Juweliergeschäft Jarosewitch in der Königstraße durch den Hintereingang. Vorn hängt ein Schild WEGEN TRAUERFALLS GESCHLOSSEN. Vor der Bürotür bleibt er stehen.

Drinnen scheint die Trauerfeier im Gang zu sein. Lachende, lärmende Stimmen dringen heraus. Bienzle klingelt. Eine junge Frau öffnet. Sie lacht und trägt ein schwarzes Kleid.

«Kann man ein bißchen mitfeiern?» fragt Bienzle und zeigt seinen Ausweis.

Drinnen ist die Luft zum Schneiden. Ein Fünf-Liter-Fäßchen Bier steht auf dem Tisch; Käsestückchen, Brezeln und belegte Brötchen sind wohlgeordnet auf einem Tablett aufgebaut. Außer der Frau, die ihm geöffnet hat, sind noch zwei junge, adrett gekleidete Männer und zwei Mädchen im Zimmer. Die Atmosphäre riecht nach Betriebsfest.

Die werden trinken bis heute abend, dann – leicht besäuselt – werden sie das Licht nicht anschalten, wenn's dunkel wird, ein wenig tanzen, sich anfassen, girren, lachen, sich sträuben und nachgeben . . . Wer mit wem? denkt Bienzle und sieht sie der Reihe nach an. «Sie sind alle hier angestellt?» fragt er.

Die fünf jungen Leute nicken.

«Kein Grund, außer Stimmung zu kommen», sagt Bienzle. «Das Leben geht weiter; Spaß muß sein, und wenns bei der Beerdigung ist . . .»

Betretene Gesichter.

«Machen wirs kurz», sagt Bienzle; «wer ist die Sekretärin vom Herrn Jarosewitch?»

Die Dame, die ihm geöffnet hat, meldet sich wie eine ertappte Schülerin in der Untertertia.

«Ich nehme an, Sie wissen auch nicht, was Ihr Chef in Italien vorhatte?»

Ehe die Frau etwas sagen kann, antwortet einer der jungen Männer schnell: «Er hat uns nie etwas gesagt. Ich habe noch nirgendwo gearbeitet, wo man so wenig über das wußte, was eigentlich im Geschäft los ist. Wir haben verkauft – weiter nichts.»

Bienzle registriert, wie die andern den vorschnellen Redner erstaunt anschauen. «Dann möchte ich einmal mit Ihnen und dem Fräulein Sekretärin unter sechs Augen reden», sagt er. «Gibt's hier noch ein anderes Zimmer?»

«Natürlich – das vom Chef», sagt die junge Frau.

«Na denn . . .» sagt Bienzle. «Die andern können weiterfeiern.» Er geht zum Tisch, nimmt sich das größte Wurstbrötchen und geht durch die gepolsterte Tür an der Stirnseite. Und dann bleibt er erst einmal stehen, um tief einzuatmen.

Das Büro ist mindestens 80 Quadratmeter groß. Dicke, vermutlich echte Teppiche liegen in Schichten übereinander; an der Wand hängen offensichtlich originale Werke des Malers und Bildhauers, an dessen Villa Bienzle vor einer Stunde vorübergefahren ist. Breite Ledersessel, zu einem Halbkreis gruppiert, stehen um einen acht Quadratmeter großen niedrigen Tisch, dessen Platte aussieht, als sei sie aus Onyx oder sonst etwas Wertvollem. Hinter dem ausladenden Schreibtisch steht ein Rocaro-Autorennsitz auf einem Rollengestell. Bienzle zwängt sich hinein und stellt fest, daß er wie angegossen sitzt. Gar nicht einmal unbequem.

«Herr Jarosewitch hatte es mit der Bandscheibe», sagt die Sekretärin, «und seit er auf die Idee kam, diesen Spezialsessel anzuschaffen, bekam er viel weniger Schmerzen beim Sitzen.»

«Gute Idee.» Bienzle schaut die Frau genauer an: rote Haare; schmales weißes Gesicht. Sie hat grüne Augen wie eine Katze, denkt er und stellt fest, daß sie sehr zierlich gebaut ist. Ein zerbrechliches Wesen, zu dem die tiefe Altstimme nicht paßt . . . «Wie heißen Sie?» fragt er und weiß sogleich, daß er ihren Namen nicht vergessen wird.

«Hannelore Schmiedinger.»

«Und Sie?» fragt Bienzle den Mann, einen knapp 1,65 Meter großen stämmigen Kerl von vielleicht 35 Jahren. Seine schwarzen Haare sind straff nach hinten gekämmt; straff wirkt auch der schmale Oberlippenbart, und die Augen sind ebenfalls schwarz. Die Backenknochen stehen etwas vor. Schmale Augenbrauen, über der Nasenwurzel zusammengewachsen . . . Gibt ihm was Verschlagenes, denkt Bienzle. Aber er weiß auch, daß man sich auf solche ersten Eindrücke nicht verlassen kann.

«Ich heiße Korbut – Geza Korbut.»

«Das ist auch nicht gerade ein schwäbischer Name.»

«Meine Eltern stammen aus Ungarn», sagt Korbut.

«Setzen Sie sich doch», sagt Bienzle, «und erzählen Sie mir einmal, warum Sie so lustig sind.»

Langes Schweigen.

Dann sagt das Mädchen: «Er war kein guter Mensch, aber er hat hervorragend bezahlt.»

«Hanni!» Korbut schüttelt den Kopf.

«Ich kannte ihn», sagt Bienzle und sieht das Mädchen an.

Hannelore Schmiedinger hält dem Blick stand, bleibt daran hängen. Der hat einmal schöne Augen, denkt sie. Sie kann nicht wegschauen, und ihm geht es ähnlich . . . Sie sieht aus wie jemand,der Schutz braucht, denkt er.

Geza Korbut wird unruhig. «Sie sind hier nicht richtig, Herr Polizist», sagt er. «Wir wissen nichts.»

«Ihr wißt, daß Jarosewitch mit den Ganoven aus der Altstadt gehandelt hat. Daß er Schmuck wie Ramsch aufkaufte, bearbeiten ließ und dann wieder verscherbelte . . . Herr Korbut, was haben Sie für eine Berufsausbildung?»

«Ich bin Schmuckverkäufer.» Es kommt ein bißchen hastig.

«Er ist Goldschmied», sagt die Sekretärin ganz ruhig und ohne Korbut anzusehen.

«Danke Ihnen», sagt Bienzle, zu der Frau gewandt, und steht auf. «Wo hätten Sie Ihren Chef erreicht, wenn Sie ihn heute oder morgen in Bologna oder Florenz hätten auftreiben müssen?»

«Er wollte nicht nach Bologna oder Florenz», sagt Fräulein Schmiedinger. «Im Hotel Palazzo in Venedig . . . Da sollte auch Geza morgen hin . . .»

«Sag mal – bist du verrückt?» Korbut springt auf. Dann, zu Bienzle gewandt: «Die weiß ja gar nicht, wovon sie redet!»

So ein Glücksfall, denkt Bienzle; die andern werden wieder sagen, dem fällt alles zu . . . Hätte ich das Mädchen allein vernommen, dann hätte der Korbut hinterher einfach alles geleugnet. Jetzt hat er sich verraten . . . «Gut», sagt er zu Korbut, «Sie wären also morgen hingeflogen. Kurier aus Stuttgart; jede Menge gestohlenen Schmuck im Koffer . . .»

«Das ist doch alles kompletter Unsinn!» Der junge Mann wischt sich den Schweiß von der Stirn.

«Das muß nicht Angst sein», sagt Bienzle, «wenn Sie jetzt schwitzen – mir ist auch warm. Aber es *könnte* Angst sein . . .» Er notiert sich die Adressen der beiden und sagt zu Korbut: «Ich würde Sie gern heute abend in die Altstadt auf ein Bier einladen. Beim Quellenwirt.»

Korbut glotzt ihn entgeistert an. Dann rafft er sich zusammen: «Ich gehe Bier trinken, mit wem *ich* will. Und mit Ihnen will ich bestimmt nicht!»

«Macht nichts», sagt Bienzle, «ich werde da sein – so gegen neun. Und wenn Sie Lust haben . . .» Ohne Korbut anzusehen, geht er zurück ins Sekretariat, zapft sich ein Bier und leert das Glas in einem Zug. Dann fragt er in den Raum hinein, ohne jemand anzusehen: «Warum ist er durch den Tauerntunnel, wenn er nach Venedig wollte – ist doch ein Umweg?» Er bekommt keine Antwort und fährt deshalb unvermittelt fort: «Wir werden hier alles durchsuchen müssen . . . Ist irgend etwas verändert worden, seit der Tod bekannt ist?»

«Der Bruder von Frau Jarosewitch war heute morgen da. Herr Bäuerle, der Rechtsanwalt», sagt Hannelore Schmiedinger.

«Wie die Tuttlinger Schreinerkinder doch alle Karriere machen!» staunt Bienzle. Er spricht nicht sehr deutlich, denn er hat sich eine Brezel geangelt und ein großes Stück abgebissen. «Weiß jemand, was der Herr Bäuerle für einen Wagen fährt?»

«Einen blauen Volvo», sagt einer der jungen Schmuckverkäufer.

«Das habe ich mir gedacht . . .» Man erfährt ja allerlei, denkt Bienzle, wenn man dumme Fragen stellt. Aber im Mordfall Jarosewitch bin ich nicht wesentlich weitergekommen . . . Die Pflicht ruft.

Bienzle beschließt spontan, der Pflichterfüllung die angenehmste Seite abzugewinnen. Er wird sich die Schmiedinger später noch einmal vornehmen – allein.

Klingenbergstraße 17. Das Haus steht an einer der vielen Treppen in Stuttgart. Mit dem Wagen ist da nicht ranzukommen. Bienzle muß sich entscheiden, ob er oben oder unten an der Treppe parkt. Natürlich entschließt er sich für oben. Hätte ich die Stufen von unten erstiegen, wären das bestimmt ein paar Kalorien gewesen, denkt er, aber dann wäre ich ziemlich atemlos bei der Schmiedinger angekommen . . . Der Gedanke war ihm unangenehm.

«Darf ich reinkommen?» fragt er die junge Frau.

«Bitte», sagt sie.

Sie trägt einen bequemen türkisfarbenen gestrickten Hausanzug. Achtundzwanzig, schätzt Bienzle; höchstens dreißig . . . Die Wohnung ist klein, aber originell eingerichtet. Die Stereoanlage gibt die Originalmusik aus dem ‹Clou› wieder. Bienzle pfeift ein bißchen mit. Das Haus ist eng an den Berg gebaut. Am Eingang hatte er ein paar Stufen bis zur Tür hinaufklettern müssen. Hier in ihrer Wohnung, auf der anderen Seite des Hauses, steigt die Böschung vom Fensterbrett an steil nach oben, bis zu einem schmalen Kamm, auf dem ein Spazierweg entlangführt.

«Haben Sie hier auch manchmal Sonne?» fragt er.

«Nein, nie. Aber es macht mir nichts aus. Ich bin ja nur abends da, und am Wochenende fahr ich meistens weg.»

Bienzle setzt sich in einen Safarisessel und schaut auf ein schmales hohes Poster, von dem ihn eine Katze anstarrt. Sekunden später springt ihr Ebenbild auf seinen Schoß. Bienzle krault das Tier und überlegt, wie wohl Hanna in einem solchen gestrickten Hosenanzug aussehen würde. Er schüttelt sich ein wenig.

«Ist Ihnen nicht gut?» fragt seine Gastgeberin.

«Nicht besonders», murmelt er und weiß nicht einmal, ob er recht hat. Dann sagt er unvermittelt: «Sie wissen mehr, als Sie mir heute vormittag gesagt haben.» Und zu seinem Erstaunen sagt sie:

«Viel mehr. Sehr viel mehr, und wenn Sie nicht zu mir gekommen wären, hätte ich Sie aufgesucht . . . Ich habe schon vor einigen Wochen angefangen, mir Gedanken zu machen. Da kamen gewisse Leute, die sich immer vorher angemeldet hatten, telefonisch, meine ich, bei mir . . . Die nannten sich Max oder Philipp oder Axel – nie ein Nachname oder so. Die gaben mir eine Zeit an, und der Chef schickte mich jedesmal weg, ehe die Leute eintrafen. Einmal bin ich aber nur zur Toilette gegangen und wollte dann noch mal zurück in mein Zimmer. Da merkte ich, daß die Gegensprechanlage noch eingeschaltet war. Ich weiß nicht, warum, auf jeden Fall hörte ich, daß einer der Besucher, an diesem Tag hatten sich einer namens Max und einer namens Willi angemeldet, dem Chef drohte. Genau weiß ich nicht mehr, was sie sagten, aber irgend etwas mit reinlegen, und entweder er spielt mit, oder er muß die Konsequenzen tragen . . . So ähnlich.» Sie lächelt. «Ich bin neugierig, das gebe ich zu, aber . . .»

Den Schuß und das Fensterklirren hört Bienzle gleichzeitig, Bruchteile von Sekunden später Hannelore Schmiedingers Schrei. Die Katze stößt ihre Krallen in seinen Schenkel; er springt auf und rennt mit dem beißenden und schreienden Vieh am Bein zum Fenster, reißt es auf, krabbelt den Hang hinauf, die Katze läßt nicht los, er hört einen zweiten Schuß pfeifen, wirft sich hin, robbt weiter; ein Motor heult auf – ein Motorrad? Ein Moped? Er richtet sich auf, stolpert, setzt sich auf den Hintern und läßt sich zum Fenster zurückrutschen.

Hannelore Schmiedinger liegt regungslos am Boden. Ihre schmale Brust hebt und senkt sich kaum merklich. Blut sickert unter dem roten Haar hervor – ein anderes, tieferes Rot. Bienzle greift automatisch zum Telefon, alarmiert die Kollegen, bittet um einen Krankenwagen und wirft sich in den Sessel. Der Kommissar, dem alles wie von selbst gelingt, dem alles zufällt . . . Der Nesenbach-Maigret hat zugesehen, wie man seine wichtigste Zeugin zu ermorden versuchte . . . Er starrt die Frau an. Wie schön sie ist, denkt er, und wie zerbrechlich. Sie hätte Schutz gebraucht und Hilfe . . .

Draußen flirrt der Sommerabend. Die Katze ist zurückgekommen und sitzt mauzend am offenen Fenster. Bienzle ist wie gelähmt. Er fürchtet sich vor der Apathie, die ihn überfällt. Seine Hände schließen und öffnen sich mechanisch; er merkt es nicht.

Als die Streife kommt, sitzt er noch immer da wie betäubt. Er läßt die

Kollegen die Arbeit machen, geht hinaus, steigt langsam hinauf zum Eugensplatz. Er zählt die Stufen, kommt auf 400. Die glatte Zahl befriedigt ihn irgendwie. Er setzt sich in sein Auto und hockt reglos hinter dem Lenkrad.

Nach einer Weile läßt er den Motor an, reißt den ersten Gang hinein, gibt Gas und läßt die Kupplung schnappen. Der Wagen macht einen Satz nach vorn und nimmt einem anderen Fahrzeug die Vorfahrt. Bienzle hat ein Gesicht, das selbst seine Frau nicht wiedererkennen würde.

Der Kommissar ist auf dem Weg zum Quellenwirt in die Altstadt.

Den Wagen stellt Bienzle hinter der Leonhardskirche ab und geht die paar Schritte zum Quellenwirt zu Fuß. In der Kneipe ist es laut wie immer, und die Luft ist zum Schneiden. Ein Musiker spielt auf der Hammondorgel, begleitet von einem automatischen Rhythmusgerät, ‹Blue Spanish Eyes›. Der Wirt, breit und behäbig, wischt mit einem feuchten Tuch die Theke ab und starrt dem Kommissar ins Gesicht.

«Des bedeutet nix Gut's, wenn Sie kommet», murmelt er und stellt Bienzle ungefragt ein Bier hin.

Ein paar Männer verdrücken sich. Anna, die Bedienung, sammelt das Geld ein, das sie auf den Tischen zurückgelassen haben und kommt zur Theke. Sie ist zu dick. Ihre weiße Bluse kämpft ständig um den Anschluß an den Rockbund. Ohne Erfolg.

«Ja», sagt Bienzle, «das bedeutet nichts Gutes.»

«Es hat noch nie was Gutes bedeutet», sagt der Wirt. «Aber wenn Sie's schon zugeben . . .»

«Stuttgart war mal eine ganz anständige Stadt», sagt Bienzle, «sogar in der Altstadt». Das Bier trinkt er in einem Zug leer und schiebt das Glas über den Tresen.

«So isch's no au wieder», sagt der Wirt und dreht den Bierhahn auf.

«Das ist mein Spruch», mault Bienzle und geht zu einem Ecktisch, an dem drei Stammgäste mit einem Mann, dem leicht anzusehen ist, daß er vom Land in die Stadt gekommen ist, um etwas zu erleben, ‹Fingerhütchen› spielen. Eine Erbse wird auf den Tisch gelegt, der Spieler schiebt eines von drei Fingerhütchen darüber, fährt mit allen dreien hin und her, wechselt blitzschnell von einer Hand in die andere und fragt schließlich: «Na, wo steckt sie?» Der fremde Gast deutet auf einen Fingerhut; der Spieler hebt ihn hoch. «Nichts», sagt er; «fünf Mark für mich.»

Bienzle hebt die drei Fingerhüte hoch, zieht aus einem einen Wattebausch mit der Erbse drin. «So einfach ist das», sagt er. «Die Erbse steckt in der Watte. Egal welchen Fingerhut man hochhebt, die Erbse findet man nie auf dem Tisch . . . Verbotenes Glücksspiel. Gebt dem Mann sein Geld zurück.»

Die drei schieben Geldscheine über den Tisch. Bienzle geht zum Tresen zurück. ‹Der Polizist unterliegt dem Verfolgungszwang› – so hat er es gelernt. Eigentlich müßte er die Personalien der drei aufnehmen und den Kollegen vom Betrugsdezernat weitergeben. Er dreht sich noch mal um: «Haut ab, bevor ich mir's anders überleg!» Das Ganoventrio zahlt und verdrückt sich hastig. Der Provinzonkel auch.

Bienzle schüttet das nächste Bier in sich hinein und schiebt das leere Glas unter den Hahn. An der Tür ist Korbut erschienen. Bienzle sieht ihn aus den Augenwinkeln, ohne zu zeigen, daß er ihn bemerkt hat.

«Ja, Frankfurt – das ist was anderes», sagt er nachdenklich; «da sitzen die Waffen lockerer, da geht es um größere Beträge, da ist das Verbrechen brutal. Bei uns war's bisher ein bißchen gemütlicher. Kein Klein-Chicago.»

Der Wirt wird unruhig, würde offenbar gern in die Küche verschwinden, traut sich nicht, bleibt stehen.

«Daß sich irgendwer einen Killer kauft, um einen Hehler umzulegen – gut, das kann auch hier passieren. Obwohl es für uns ziemlich neu ist. Aber daß ein harmloses, hilfloses Mädchen, eine kleine Sekretärin, die nichts auf dem Kerbholz hat, die immer nur gearbeitet, ihr kleines Leben gelebt hat, vielleicht sogar ein bißchen glücklich war – daß eine solche liebenswerte Person . . .» Bienzle dreht sich blitzschnell um und macht drei energische Schritte auf Korbut zu, der noch immer in der Tür steht. «. . . kaltblütig niedergeschossen wird wie ein Stück Vieh im Schlachthof», brüllt er plötzlich los, hat Korbut am Revers gepackt und fährt dann ganz leise, fast flüsternd fort: «. . . das ist wirklich neu für unser Stuttgart.»

Beim Quellenwirt ist es mäuschenstill geworden.

Korbut ist kreidebleich im Gesicht und zittert. «Herr Kommissar . . .» stottert er.

«Ich hab Sie zum Bier eingeladen; setzen wir uns», sagt Bienzle fast im Plauderton. «Was kann ich für Sie bestellen?»

Anna kommt an den Tisch und wischt ihn blank, obwohl er völlig sauber ist.

«Zwei Halbe und zwei Kirsch», sagt Bienzle.

Kriminalanwärter Haußmann kommt herein, sieht seinen Chef und setzt sich unauffällig drei Tische weiter hin. So unauffällig, daß ihn jeder der Gäste aus größter Entfernung als Bullen erkennt.

«Kommen Sie her, Haußmann», ruft Bienzle. Der junge Polizist setzt sich zu den beiden an den Tisch und bestellt ein Viertel Wein. «Na, was haben Sie herausbekommen?» fragt Bienzle.

«Eine ganze Menge», flüstert Haußmann. «Ziemlich belastend für manche Leute . . .»

Das mit dem Trauerstrauß war also kein Zufall, denkt Bienzle; helles Köpfchen; spielt mit . . . «Ja, ja», sagt er laut, «einen Bruch machen, das ist eine Sache; die Beute zu versilbern ist eine andere – na, immerhin, darauf verstehen sich viele. Aber . . .» Er wird schon wieder laut: «. . . wehrlose Menschen kaltblütig zu erschießen, das ist wieder was anderes. Wir haben jetzt Killer in der Stadt, richtige große Gangster . . . Korbut, trinken Sie doch! Was haben Sie denn?»

«Korbut?» fragt Haußmann interessiert. «Ach, das hier ist Korbut?»

Der Junge ist wirklich klasse, denkt Bienzle und sagt laut: «Nun aber sachte, Kollege Haußmann; wir wollen unser Pulver nicht verschießen.»

Korbut rutscht auf der Bank hin und her und kippt seinen Kirsch. «Herr Kommissar, was sollen denn die Andeutungen!» sagt er dann. «Sie wissen genau, daß ich nichts mit der Sache zu tun habe.»

«Mit welcher Sache?» fragt Bienzle scheinheilig.

«Na, mit dem Mord an Jarosewitch.»

«Aber wer behauptet das denn?» Bienzle schaut seinem Gegenüber verschlagen ins Gesicht. «Ich will Ihnen mal eine Geschichte erzählen . . . Und ihr könnt alle zuhören», ruft er ins Lokal. «Also: Da kommt ein Polizist in das Geschäft eines Juweliers, der am Tag zuvor ermordet worden ist. Die Angestellten haben es sich gemütlich gemacht, sie feiern ein bißchen . . . Aber das spielt ja keine Rolle. Auf jeden Fall, der Polizist fragt . . . Ist ja sein Job, nicht wahr? Er fragt, und eine der Angestellten antwortet auch. Sie sagt nicht viel, aber was sie sagt, macht einen anderen Angestellten ganz verwirrt. Er fährt dem Mädchen über den Mund, versucht statt ihrer die Antworten zu geben, brüllt sie an – gerade so, als ob er unbedingt verhindern müßte, daß sie was ausplaudert . . . Natürlich besucht der Polizist das Mädchen noch mal; will mehr wissen. Und erfährt auch mehr – freilich nicht genug, denn bevor das Mädchen richtig auspacken kann, hat sie schon eine Kugel im Kopf . . . Das ist die Geschichte, Korbut. Und jetzt kommt das Quiz: Wer wußte davon, daß jenes Mädchen mir etwas erzählen konnte und auch bereit dazu war? Na? Die Frage ist doch nicht so furchtbar schwer.» Und lauter: «Na, Korbut – wird's bald?»

Beim Quellenwirt könnte man eine Stecknadel fallen hören. Haußmann hält den Atem an. Bienzle starrt dem bleichen Korbut ins Gesicht. Der sitzt völlig erstarrt auf der Bank. Seine Hand greift zum Glas und bewegt sich dann langsam zurück.

Plötzlich lehnt sich Bienzle wie erschöpft zurück und sagt ziemlich leise: «Ich muß noch schnell was essen, dann verhafte ich Sie.»

Keiner beim Quellenwirt lacht, denn jeder kennt Bienzle gut genug, um zu wissen, in welcher Stimmung er ist. Wortlos schiebt der Wirt dem Kommissar einen Teller mit einem Knöchle auf Sauerkraut hin.

Bienzle denkt, ich muß das essen, sonst bin ich nach dem nächsten Glas hinüber ... Er schlingt das halbwarme Eisbein hinunter. Spricht kein Wort. Das Mädchen fällt ihm ein. Rotes Blut unter rotem Haar ... Er schiebt den Teller von sich und sagt laut in das Gemurmel im Wirtshaus:

«Jeder, der was über die Geschäfte des Herrn Jarosewitch weiß, sollte es mir möglichst bald sagen – Diskretion Ehrensache, versteht sich.» Dann: «Herr Korbut, Sie kommen mit.»

Es ist schon nach Mitternacht als Bienzle, Haußmann und Korbut in der Polizeidirektion in der Dorotheenstraße ankommen. Bienzle ist müde und überreizt. Er hat vergessen, Hanna anzurufen. Darauf legt sie Wert. Morgen, beim Frühstück, wird sie sagen, ich hab mich halb zu Tode gesorgt – man weiß doch nie, was passiert ... Wenn er nach Hause kommt, wird sie tief und fest schlafen. Trotzdem wird sie morgen glauben, daß sie kein Auge zugetan hat in der Nacht.

Er sieht Korbut an und sagt zu einem Uniformierten: «Passen Sie mal bißchen auf den Typ auf; ich muß mit Haußmann reden.» Sie gehen in Bienzles Büro. Er setzt sich langsam in seinen Sessel und holt aus dem Aktenschrank eine Cognacflasche. Er gießt beiden ein.

«Wie wars bei der Witwe?» fragt er.

Haußmann hat sich tatsächlich Blumen beschafft, ein Kärtchen dazu geschrieben und ist dann hinmarschiert. «Ich sagte, Konsul Hermanndung schickt mich – ein anderer Name ist mir nicht eingefallen ... Sie hat mich selber empfangen. Da war ein Herr Bäuerle, ihr Bruder. Der

Fahrer des Volvos. Ich hab irgendwas gesagt von Geschäften, die da noch abzuwickeln seien, und der Herr Konsul besteht auf einem baldigen Gespräch . . . Die hat gesagt, sie kommt mit ihrem Bruder vorbei, sobald die Trauerfeierlichkeiten überstanden sind – ihr Bruder führt das Geschäft weiter. Ob sie denn das Testament schon kenne, hab ich noch gefragt, aber da hat mich der Bruder ziemlich kompromißlos hinauskomplimentiert.»

«Sonstige Beobachtungen?» fragt Bienzle müde.

«Zuerst dachte ich, sie hat was mit dem Diener oder was der ist, aber da ist wohl nichts dran. Der Bruder, dieser Rechtsanwalt Bäuerle, spielt den großen Macker. Das ist so ein Aufsteigertyp . . . Ich hab mich ein bißchen umgehört. Ein Bekannter von mir ist Anwalt und kennt den Herrn Bäuerle. Er sagt, die Geschwister seien ganz dick, aber Jarosewitch habe seinen Schwager nur verachtet. Alle Versuche von Hedwig, ihren Anwaltsbruder ins Geschäft zu bringen, seien gescheitert. ‹Winkeladvokat› habe er ihn genannt . . . Sein Geld verdient Bäuerle vor allem mit Scheidungsfällen und so. Außerdem gilt er als Frauenheld. Er soll auf ziemlich großem Fuß leben, aber niemand weiß so recht, wie er das finanziert. Ob ihm sein Schwesterherz was zuschießt, wußte mein Bekannter nicht, aber er hält's für möglich.»

«Komisch», sagt Bienzle, «aber er war der erste, der im Büro war . . . Und er hat da offensichtlich rumgestöbert.»

«Ob die beiden Jarosewitch auf dem Gewissen haben?» überlegt Haußmann.

«Schon möglich, aber unwahrscheinlich», meint Bienzle. «Ich glaube eher, daß sie absahnen wollen, ehe zuviel gefragt wird.» Und dann: «Nehmen Sie sich doch mal Korbut vor.»

Haußmann ist geschmeichelt. Er läßt sich vom Nesenbach-Maigret die Details geben und geht Richtung Vernehmungszimmer. Der erste große Fall, den er vor die Nase bekommt, und Bienzle zieht ihn gleich so mit hinein . . . Auf dem Weg zum Verhör ruft Haußmann noch schnell seine Freundin an und erzählt ihr von den Fortschritten in seiner Polizeikarriere.

Bienzle sitzt am Schreibtisch ‹wie ein Pfund Schnitz›, wie er selber sagen würde. Aber er sagt nichts. Müde ist er, ausgepumpt und traurig . . . Was mag mit dem Mädchen sein? Er ruft das Karl-Olga-Krankenhaus an. Eine Nachtschwester ist ungnädig, der Arzt spricht nur gebrochen Deutsch, aber soviel versteht Bienzle: Hannelore Schmiedinger ist am Leben, aber nicht aussagefähig. Ihm würde es genügen, wenn sie fähig wäre, einen Blumengruß von ihm in Empfang und zur Kenntnis zu nehmen.

Wenn Bienzle an einem Fall ist, kann ihn niemand stoppen oder auch nur beeinflussen. Er steckt seinen Kopf ins Vernehmungszimmer: «Korbut, ich geh jetzt zu dem Bäuerle und sag, du hättest gegen ihn ausgesagt . . . Hat er?» fragt er den jungen Kollegen.

Haußmann zuckt nur die Schultern; Korbut starrt den Kommissar böse an und murmelt: «Ist doch Ihr Problem, was Sie für einen Scheiß machen.»

Das war nichts, denkt Bienzle und macht sich auf den Weg.

Bäuerle bewohnt ein Haus in Stuttgart–Zuffenhausen, gleich beim Porsche-Werk rechts rum, so hat es ein ortskundiger uniformierter Kollege beschrieben. Das Haus liegt im Dunkeln. Auf der gegenüberliegenden Straßenseite parkt ein weißer Mercedes. Bienzle hat den Mann noch gesehen, der schnell seinen Kopf unter das Armaturenbrett drückt. Er klingelt so lange, bis im Innern des Hauses ein Lichtschimmer aufleuchtet. Dann steht Bäuerle verschlafen und im Morgenrock unter der Tür.

«Sagen Sie bitte nicht, es sei eine Unverschämtheit und so was», sagt Bienzle, ohne sich lange zu bemühen, Bäuerle zu begrüßen. «Ich kenne das alles, und ich würde doch nur sagen, Sie hätten sich strafbar gemacht, weil Sie gestern vormittag wichtiges Beweismaterial im Mordfall Jarosewitch beiseite geschafft haben, noch ehe die polizeiliche Ermittlungsarbeit begonnen hatte. Ich bin Kommissar Bienzle von der Mordkommission, und wenn ich an einem Fall arbeite, mache ich manchmal die Nacht durch. Dafür kriege ich dann später mal ein paar Tage frei.»

Bäuerle bittet ihn herein. Wenn er sich erschrocken hat, läßt er es sich zumindest nicht anmerken.

«Da drüben sitzt ein Mann, der Ihr Haus beobachtet. Ihre Leibwache? Oder einer, der für Sie gefährlich werden kann?» fragt Bienzle.

«Vielleicht ein neugieriger Polizist», gibt Bäuerle zurück.

«Nicht schlecht», sagt Bienzle; «wenn ich mal mehr Zeit habe, komme ich auf ein paar Takte Konversation vorbei . . . Kennen Sie Hannelore Schmiedinger?»

«Natürlich; sie arbeitet für meinen Schwager.»

«Na, jetzt ja nicht mehr; er ist ja tot, und ob sie den Mordanschlag überlebt, weiß noch niemand.»

«Was heißt denn das?» Bäuerle zeigt keinerlei Wirkung. «Hat man etwa . . .»

«Ja, man hat. Man hat versucht, die Sekretärin Ihres seligen Schwagers umzulegen. Vor meinen Augen . . . Wenn sie überlebt, wird sie die Narbe mit den Haaren überdecken können.»

«Und warum schmeißen Sie mich aus dem Bett?» fragt der Rechtsanwalt.

«Sie waren heute früh im Büro Ihres Schwagers. Sie sind nicht sein Rechtsbeistand, oder?»

«Ich war im Auftrag seiner Ehefrau da.»

«Haben Sie gefunden, was Sie suchten?»

«Ich habe nichts Bestimmtes gesucht.»

«Sie werden nicht erwarten, daß ich das glaube, aber Sie werden wissen, daß ich das Gegenteil nicht beweisen kann.»

Bäuerle zuckt die Achseln und gähnt übertrieben. Da versucht Bienzle einen Schuß ins Blaue, in der vagen Hoffnung, damit – wenn nicht heute, dann zu einem späteren Zeitpunkt – ins Schwarze zu treffen:

«Herr Bäuerle, diese Geschichte ist gefährlicher, als Sie glauben. Hinter dem Mord und dem Mordanschlag stecken Profis von einer Qualifikation, wie wir sie bisher in Stuttgart nicht hatten. Eine überregionale, wahrscheinlich eine internationale Organisation. Ihr Schwager muß sich in Geschäfte eingelassen haben, die anderen nicht ins Konzept paßten. Er hat sich übernommen und mußte büßen. Jeder Zeuge wird denselben Weg gehen wie . . .»

Er unterbricht sich, geht zum Telefon, fragt nicht erst, ob er darf, und ruft das Präsidium an. Er läßt sich Haußmann geben – der ist weiß Gott noch da! – und sagt: «Sofort zwei Mann ins Karl-Olga-Krankenhaus! Das Mädchen muß bewacht werden.»

«Schon vor zwanzig Minuten angeordnet», sagt Haußmann.

Das ist einer der seltenen Augenblicke, in denen Bienzle sprachlos ist. Haußmann berichtet:

«Korbut hat gestanden, fürchterliche Angst zu haben. Bisher, sagt er, sei alles hier im überschaubaren Rahmen abgelaufen, aber jetzt habe eine große Organisation die Finger drin. Wer singt, sei hin. Ich dachte mir, dann probieren sie es bei der Schmiedinger womöglich noch mal.»

«Junge, Junge, wenn Sie nicht befördert werden, laß ich mich degradieren», sagt Bienzle und legt auf.

Haußmann bedauert, daß es zu spät ist, seine Freundin anzurufen.

Bienzle wendet sich wieder Bäuerle zu: «Ich will vorerst gar nicht mehr wissen, was Sie vielleicht gesucht haben. Wenn Sie das Richtige gefunden haben, legen Sie sich am besten zwei Dutzend Mann Leibwache zu . . . Oder Sie sagen mir alles.»

«Das zieht bei mir nicht», sagt Bäuerle.

«Ich will mal ausnahmsweise offen sein», sagt Bienzle. «Aber vorher noch eine Frage: haben Sie vielleicht ein Bier im Haus?»

Nachdem er sein Glas in einem Zug geleert hat, sieht er Bäuerle nachdenklich an und sagt: «Ihr verstorbener Schwager hat sich mit einer großen Organisation eingelassen. Wahrscheinlich handelt es sich um einen internationalen Verein. Die haben sich bislang auf Frankfurt, Düsseldorf, Hamburg und Berlin beschränkt. Jetzt sind sie offensichtlich auch daran, in Stuttgart Fuß zu fassen . . . Ich nehme natürlich nicht an, daß Sie mit denen gemeinsame Sache machen; dafür sind Sie eine Nummer zu klein. Aber um sich gegen die zu stellen – nehmen Sie's mir nicht übel, dafür sind Sie zehn Nummern zu klein.»

Bäuerle geht zur Hausbar und gießt sich ein Wasserglas mit Whisky voll. «Sie auch einen?» fragt er.

«Wenn es Ihnen nicht zuviel Mühe macht, hätte ich gerne ein Wurstbrot oder so was», sagt Bienzle.

Bäuerle geht in die Küche und kommt mit einem Stück Leberwurst und Brot zurück. Richtig ordinär wirkt das Vesper auf dem feinen Glastisch vor den Miller-Sesseln, denkt Bienzle und geht sofort daran, den alten Zustand wieder herzustellen, indem er alles aufißt.

«Nun», fragt er mit vollem Mund, «haben Sie dazu irgend etwas zu bemerken?»

Bäuerle antwortet nicht.

«Na?» fordert Bienzle noch mal auf.

«Ich muß nachdenken», sagt der Anwalt.

«Nachdenken ist immer gut, wenn es nicht zu lange dauert. Kann ich noch mal telefonieren?»

«Sie fangen ja an, Höflichkeit zu entwickeln», grinst Bäuerle.

Bienzle gibt seinen Einsatzplan durch. Sieben Minuten später fahren zwei Polizeiwagen gleichzeitig aus entgegengesetzter Richtung in die Straße ein, mit kreischenden Bremsen halten sie vor und hinter dem weißen Mercedes, so daß keine Zeitung mehr zwischen die Stoßstangen passen würde.

Bienzle und Bäuerle sehen vom Fenster aus zu, wie je zwei junge Beamte aus ihren Wagen spurten, einer von ihnen den Schlag aufreißt und den Fahrer herauszieht.

Bienzle geht hinaus, schaut dem Festgenommenen ins Gesicht und fragt: «Name? Alter? Beruf?»

«Antonio Breda, 26, Kellner», sagt der verdutzte Mann.

«Italiener?»

«Ja.»

«Beschäftigt wo?»

«Pizzeria La Fontana.»

«Und das heißt zu deutsch so etwas wie Quelle?» fragt Bienzle.

«Si, si.»

«Der ist nur ein kleiner Fisch», sagt Bienzle zu den Beamten, und zu dem Kellner: «Pesce piccolo.»

«Ich spreche fließend deutsch», sagt der Kellner, und daran hat Bienzle auch keinen Moment gezweifelt. Er bittet die Beamten, die Personalien aufzunehmen und den Kellner dann laufenzulassen. Und zu Breda sagt er: «Paß auf, mein Junge . . .» Er hält inne; dann: «Entschuldigung; ich fange auch schon an, fremde Menschen zu duzen, nur weil sie Gastarbeiter sind. Also: Passen Sie auf; ich gebe Ihnen einen guten Rat. Ich habe Sie nicht gesehen, die Kollegen hier auch nicht. Sie erzählen dem, der Sie geschickt hat – ich will gar nicht wissen, wer es ist . . . also Sie sagen ihm, daß Sie den Auftrag ausgeführt haben. Erzählen Sie ihm ruhig, daß ich den Herrn Bäuerle aufgesucht habe und so weiter. Aber nichts davon, daß wir Sie ertappt haben. Ist das klar?»

Der Italiener kratzt sich am Kopf, antwortet aber nicht.

«Das muß Ihnen doch klar sein! Wenn Sie einen Scheiß bauen, kriegen Sie Schwierigkeiten mit Ihrem Boss. Womöglich knallt der Sie ab, wenn er weiß, daß Sie Kontakt mit der Polizei hatten. Also Sie tun so, als ob nichts gewesen wäre. Und wenn Sie doch von meinem Besuch bei Bäuerle berichten, wird der Boss sagen, va bene oder wie das heißt, und Sie werden ein paar Lire Zulage bekommen . . . Ich helfe Ihnen ja dabei. Ich will gar nichts wissen – nicht wer Sie schickt und nicht was dahinter steckt. Das ist mein Job, das auch ohne Sie rauszukriegen. Sie sollen nur verschweigen, daß Sie von uns erwischt worden sind . . . Ist doch im gemeinsamen Interesse, oder?»

«Jaaa . . .» Antonio Breda nickt langsam. «Ich wäre Ihnen aber dankbar, wenn Sie nicht morgen in unserer Pizzeria auftauchen und Fragen stellen würden.»

Bienzle muß ein Lächeln unterdrücken.

Und jetzt duzt er ihn doch: «Junge, das ist doch Ehrensache! Ich werd vielleicht bei euch mal reinschauen – aber nur, um Pizza zu essen . . .» Dann entschuldigt er sich noch einmal. «Wenn Sie wollen, können Sie auch du zu mir sagen.»

Es ist zwei Uhr nachts. Bienzle fährt auf der Bundesstraße 27 in Richtung Tübingen. Im Sieben-Mühlen-Tal hängt ein leichter Nebel.

Er weiß nicht, warum er hier fährt. Eigentlich gehört er nach Hause ins Bett. Aber die Strecke kennt er im Schlaf, und da kann er ja auch noch ein Stück weiterfahren, obwohl er ins Bett gehört.

Im Radio hört er Musik, ohne zuzuhören, bis die ersten Akkorde einer Gitarre ihn wecken. ‹Jeux interdits›; Narciso Yepes spielt. Nur einer spielt so Gitarre. Als ob ein Schrammelmusiker und ein Wiener Symphoniker sich zusammengetan hätten, um spanische Musik zu machen. Narciso Yepes spielt Bach auf der Gitarre wie einen Wiener Walzer, und ‹Jeux interdits› ist sein schönstes Stück . . . Du bist sentimental, denkt Bienzle und fährt an Steinenbronn vorbei. Es geht ihm wie bei seinem ersten Opernbesuch: er konnte nur an eines denken: die sollen nicht aufhören, Musik zu machen. Dreizehn war er, und seine acht Jahre ältere Schwester hatte ihn mitgenommen. Sie liebten sich damals, er und seine Schwester. Oder vielmehr, er liebte sie.

Ernst Bienzle nähert sich seinem Heimatort. Da war er geboren und aufgewachsen. Im alten, häßlichen, backsteinernen Schulhaus von Dettenhausen. Seine Kindheit zwischen dem Geruch geölter Klassenzimmerfußböden, der auch in die Wohnung drang, und dem großen Wald, durch den er tagelang streifen konnte, war glücklich gewesen – oder bildete er sich das nur ein? Jetzt spielt er Dettenhausen in Stuttgart; ohne besonderen Erfolg, was ihn selbst betrifft . . . Er denkt an Hannelore Schmiedinger.

Da liegt das Dorf, hingekuschelt im Tal. Geborgen war man da, aber auch weit weg von der Welt. Er fährt durch, ohne nach links oder rechts zu schauen. Und er überlegt, ob er in der Lage sein würde, noch einmal etwas ganz anderes zu machen. Zum Beispiel: Allein sein.

Was waren das für Menschen, die wegen eines Millionengewinns aus gestohlenem oder geraubtem Schmuck das Leben anderer vernichteten?

Wer im Dettenhäuser Schulhaus aufgewachsen war, konnte so etwas nicht. Der konnte überdurchschnittliche Fähigkeiten allenfalls entwikkeln, wenn es galt, solche Leute zu fangen. Der konnte sich immer nur richtig verhalten, dem Gesetz zu seinem Recht verhelfen ... Sein Gesicht verzieht sich zu einer Grimasse. Er denkt an den kleinen Einbrecher Kalle Reich, der die Villa eines Richters – ausgerechnet! – ausgeraubt hatte. Beute: DM 25,–, auf dem Küchenbuffet zurechtgelegt für die Putzfrau am nächsten Tag ... Klein war er, der Kalle, mickrig, vom Leben geprügelt. Aber ein Kollege des Bestohlenen war unnachsichtig. Höchststrafe. Als der Kalle rauskam, erzählte er seine Geschichte einem Journalisten und bekam zweihundert Mark dafür, obwohl die Story nie veröffentlicht wurde. Das Geld haben dann andere Ganoven in der Kneipe bei ihm gesehen und weggenommen, und als er ihnen nachlief und über sie herfiel, obwohl die beiden zusammen das Fünffache von ihm wogen, kam Polizei dazu. Die haben natürlich gegen ihn ausgesagt, die beiden, die ihm das Geld genommen hatten. Und die Polizisten: «Wo willst du denn zwei Hunderter hergehabt haben?» Und er: «Von einem Journalisten.» Da haben sie ihn verprügelt, weil sie glaubten, daß er sie verarschen wollte ...

Musiklehrer hatte er werden wollen.

Er fährt an Tübingen vorbei und denkt, du mußt irgendwann umkehren. Es wird ein wenig heller. Vorankündigung der Dämmerung. Hinter Hechingen hält er, steigt aus und atmet die feuchte Morgenluft ein. Er läßt den Wagen stehen und geht drauflos. Ein kleines Dorf; die Häuser noch im tiefen Schlaf. Nur in der Bäckerei rumort es. Er klopft an die Scheibe. Ein alter Mann mit einer weißen Mütze schaut heraus.

«Sagen Sie mal», sagt Bienzle, «ich dachte immer, die Bäcker haben ihre Brötchen tiefgefroren und können jetzt drei Stunden später aufstehen?»

Der Alte lacht. «Ja, wo kommscht au du her?»

«Von Schtuagert», sagt Bienzle und merkt überhaupt nicht, daß ihm die andressierte Schriftsprache verlorengegangen ist.

«Und wo solls nagange?»

«Eigentlich wiedr z'rück.»

«Willscht reikomma?»

Bienzle wundert sich nicht, daß der Bäcker ihn duzt, und auch nicht, daß er ihn in die Backstube einlädt.

Jetzt sitzt er an einem langen Tisch. Der Bäcker knetet den Teig, wellt ihn aus, steckt ihn in einen gußeisernen Brötchenformer – «mei einzige Maschin» –, schmeißt die Brötchen, immer zwölf Stück, auf den Schieber und schießt sie in den Ofen ein. Die fertigen kommen dann in einen großen Korb. Bienzle bedient sich. Ich werd Bauchweh kriegen von den ofenwarmen Brötchen, denkt er und wundert sich, daß er beim Denken die Schriftsprache benutzt.

Sie reden übers Wetter und über den Naturschutz, über die junge Generation und das aussterbende Handwerk. Es ist wohlig warm und trocken hier drin. Der alte, weißbestäubte Mann lacht viel und laut.

«Und was machst du so?» fragt der Bäcker plötzlich.

«Ich bin bei der Polizei», sagt Bienzle.

Da werden die Augen des Alten schmal, und sein Rücken wird steif. «Das macht eine Mark zwanzig», sagt er, und es ist kein Zweifel, daß für ihn die Unterhaltung beendet ist.

Bienzle legt zwei Mark auf den Tisch und steht auf.

«Daß mr sich so täusche kann», brummelt der alte Mann.

«Daß Sie in Ihrem Alter noch solche Vorurteile haben», sagt Bienzle, und sein neuerliches Hochdeutsch macht die Mauer zwischen ihnen noch dicker.

Er geht in den Morgen hinaus, wandert zu seinem Auto zurück und wendet.

Es ist kurz nach sieben Uhr. Bienzle klingelt am Jarosewitchschen Anwesen. Die Dame des Hauses liegt wohl noch im Bett; der Allzweckangestellte Heini erscheint im Bademantel am Gartentor, und die Riesendogge wedelt erfreut mit dem Schwanz und stößt ihren Kopf Bienzle in die Seite, so daß er fast ins Stolpern kommt.

Bienzle nimmt in der Halle Platz. Jetzt merkt er, wie die Müdigkeit von den Füßen her durch seinen ganzen Körper schleicht. Seine Zunge fühlt sich im Mund dick und pelzig an.

Als Hedwig Jarosewitch verschlafen und nur mit einem dünnen Negligé bekleidet die geschwungene Treppe herunterkommt, ist Bienzle in dem bequemen Sessel fest eingeschlafen. Sie sieht auf ihn herab: Er ist bleich und unrasiert; der Mund steht halb offen, was dem Kommissar einen ziemlich blöden Gesichtsausdruck verleiht.

«Soll ich ihn aufwecken?» fragt Heini neben ihr.

Im gleichen Moment reißt der Kommissar die Augen auf, springt mit einem Satz auf beide Beine und blickt wild um sich. Heini und Frau Jarosewitch brechen in schallendes Gelächter aus. Bienzles Allzeitbereit-Demonstration wirkt wie der wohleinstudierte Auftritt eines Clowns.

Es kostet ihn Mühe, zurückzugrinsen.

«Wollen Sie sich vielleicht ein wenig frisch machen?» fragt Hedwig Jarosewitch.

«Das wäre sehr nett, wenn ich das dürfte», sagt Bienzle.

Das Bad ist so groß wie Bienzles Schlafzimmer und schwarz gekachelt. Eine Wand besteht nur aus einem riesigen Spiegel. Bienzle zieht sich aus und betrachtet sich in der Glasfläche; zuerst von vorn, dann von der Seite; entspannt und mit eingezogenem Bauch. Wieder en face. Er zieht die Arme nach oben wie ein Bodybuilder, hält die Luft an, läßt die Muskeln spielen und versucht den Bauch so weit wie möglich nach innen zu drücken. Dann streckt er sich selbst die Zunge heraus und beginnt, sich mit dem Apparat des Verstorbenen zu rasieren. Er duscht heiß und kalt, benutzt das wohlriechende Rasierwasser des Herrn Jarosewitch selig, und als ihm einfällt, daß der fremdartige Geruch seine Frau auf alle möglichen und unmöglichen Ideen bringen könnte, versucht er, das Rasierwasser wieder abzuwaschen; aber der Geruch bleibt.

Auf dem Toilettenschränkchen stehen Vitaminpillen. Bienzle schmeißt drei in sich hinein, trinkt Wasser aus dem Zahnputzglas nach. Putzt sich mit dem rechten Zeigefinger die Zähne und spült lange und ausgiebig mit Odol. Jetzt fühlt er sich besser. Er zieht sich an und verläßt das Bad.

Das ganze Haus riecht nach Kaffee. Als er das Wohnzimmer mit dem weiten Blick über Stuttgart betritt, ist dort schon ein Frühstückstisch gedeckt. Und der ist ganz nach dem Herzen des Kommissars. Da steht zwar auch Joghurt, aber es gibt doch so viele eßbare Dinge, daß es nicht schwerfällt, den Schlankmacher zu übersehen. Bienzle setzt sich mit einem begeisterten Seufzer und sagt: «In diesem Café möchte ich öfter frühstücken.»

Frau Jarosewitch sitzt am Tisch, noch immer im Negligé, und bestreicht sich ein knuspriges Brötchen mit Butter. Bienzle sieht durch den dünnen weißen Stoff die kleinen spitzen Brüste. Er ertappt sich dabei, wie er überlegt, ob eine Brust wohl mehr oder weniger ist als das, was gerade in eine Hand geht, und ertappt sich bei einer einschlägigen Geste.

«Und was führt Sie schon so früh am Tag hier herauf?» fragt Frau

Jarosewitch.

Bienzle macht seine Hand wieder flach und greift nach einem Butterhörnchen. «Ich war heute nacht bei Ihrem Bruder – es hat sich da einiges ereignet, was mich sehr nachdenklich macht. Zuerst einmal: das Haus Ihres Bruders wurde von einem italienischen Jüngling überwacht, der sich als irgendein Laufbursche einer größeren Organisation entpuppte. Zweitens – aber das werden Sie schon wissen: die Sekretärin Ihres verstorbenen Mannes wurde in meinem Beisein durch einen Pistolenschuß lebensgefährlich verletzt. Drittens: Ihr Bruder hat das Büro Ihres Mannes durchstöbert, obwohl er ganz sicher nicht zu den Vertrauensleuten seines ehemaligen Schwagers gehörte. Und viertens schließlich: ein Angestellter Ihres Mannes, Geza Korbut, wurde gestern von mir verhaftet, weil er mit dem Mordanschlag auf Fräulein Schmiedinger zumindest indirekt zu tun hatte, und im Verhör hat er dann zugegeben, daß sich Ihr Mann mit einer großen, vermutlich einer internationalen Organisation eingelassen hat, die ihn offensichtlich liquidierte, nachdem er nicht bereit war, das Spiel nach deren Regieanweisung zu spielen . . . Und jetzt will ich sagen, was mich zu Ihnen führt: Jeder, der zu diesem Zeitpunkt mehr weiß als die Polizei, ist gefährdet. Wir haben es offensichtlich mit einer Spezies Verbrecher zu tun, bei denen das Töten zum Handwerk gehört. Nun fasse ich meinen Beruf auch so auf, daß ich mögliche Morde präventiv zu verhindern habe . . . Nebenbei macht das auch weniger Arbeit, als hinterher die Mörder zu suchen.»

«Sie habet a Gemüt wie ein Metzgershund!» Frau Jarosewitch hat ein wenig die Fassung und damit auch das mühsam erarbeitete Schriftdeutsch verloren.

«Kommt ganz darauf an», gibt Bienzle trocken zurück und nimmt sich eine Brezel. «Wenn ich ehrlich bin, muß ich sagen, daß die mögliche Ermordung des Herrn Korbut mich nicht unbedingt davon abhalten könnte, an einer Betriebsfeier teilzunehmen.»

Frau Jarosewitch steht auf und geht vor dem Fenster auf und ab. Sie könnte genausogut nackt sein; gegen das Licht sieht man jede Kontur ihres Körpers genau. Bienzle denkt, wenn die mich verführen wollte, ich würde mich nicht wehren . . .

Aber sie will offenbar nicht. «Wenn ich Sie richtig verstehe», sagt sie langsam, «denken Sie, ich könnte auch in Lebensgefahr sein.»

«Das kommt darauf an. Ich weiß nicht, wieviel Sie wissen, ob Sie Ihr Mann in seine Geschäfte eingeweiht hat. Ob Sie von dem Projekt wußten, das ihn vielleicht sein Leben gekostet hat.»

Frau Jarosewitch kommt auf ihn zu und bleibt wenige Zentimeter vor ihm stehen. Zum Greifen nahe. Sie riecht wie ein exotischer Blumen- und Kräutergarten. Und sie sagt ganz ernst und verblüffend selbstbewußt:

«Herr Kommissar, Sie können zur Kenntnis nehmen: Mir kann nichts passieren!»

Dann setzt sie sich wieder.

Bienzle ist überrascht und denkt, entweder hat sie der Alte aus allem herausgehalten – das ist das wahrscheinlichste –, oder sie gehört zur anderen Seite; dann braucht sie keine Angst zu haben ... Oder hat sie sich auf die andere Seite geschlagen, *weil* sie der Alte aus allem herausgehalten hat?

«Noch etwas Kaffee?» fragt sie.

«Wenn Sie mir einen Schnaps geben könnten ... Ich habe heute nacht um vier bei einem Bäcker ofenwarme Brötchen gegessen, und die liegen mir jetzt im Magen.»

Heini bringt einen Schnaps.

«Sie sind wohl immer in Horchweite?» fragt Bienzle.

«Es gehört zu meinen Aufgaben, darauf zu achten, daß Frau Jarosewitch ungeschoren bleibt», sagt Heini.

Bienzle bittet, telefonieren zu dürfen. Im Krankenhaus sagt eine Schwester, Fräulein Schmiedinger sei noch nicht bei Bewußtsein.

«Dieser Verein hat einen großen Fehler gemacht», sagt Bienzle finster, als er an den Frühstückstisch zurückkehrt. «Er hat mich ganz persönlich gegen sich aufgebracht.»

«Und was bedeutet das?» fragt Hedwig Jarosewitch.

«Das bedeutet, daß ich in meinem Zorn weit mehr tue, als man von meiner Gehaltsklasse erwarten kann ... Ich werde nicht aufgeben, bis ich diese Leute geschnappt habe.»

«Und Sie glauben nicht, daß Sie sich da zuviel vorgenommen haben?»

«Doch, bestimmt. Aber der Mensch wächst ja bekanntlich mit seinen höheren Zwecken ...»

Bienzle geht ohne Dank und Gruß.

Im Wagen schaltet er das Radio an. Norbert Scheumann, beliebter Radioplauderer des Süddeutschen Rundfunks, begrüßt gerade die verehrten

Hausfrauen und als Zaungäste die lieben Hausväter und verspricht, daß mit Musik alles besser gehen werde. Bienzle registriert, daß es neun Uhr fünf sein muß, Zeit für die tägliche Hausfrauensendung. Scheumann spielt Oldtimer. Bienzle läßt den Motor an und fährt den Berg hinunter.

Gleich hinter dem Telefonhäuschen passiert es.

Das Sträßchen macht eine enge Kurve; Bienzle tritt auf die Bremse, und das Pedal rutscht widerstandslos durch bis zum Boden. In seiner Panik tritt Bienzle die Kupplung. Der Wagen bekommt zusätzlich Fahrt. Jetzt will er den ersten Gang hineinreißen, aber es geht nicht mehr . . . Die Handbremse! Der Weg vom Schaltknüppel zur Handbremse erscheint ihm ungeheuer lang. Der Wagen rast auf einen Vorgarten zu. Die Bremse faßt. Die Reifen quietschen. Das Heck reißt nach rechts weg. Der VW bohrt seine Schnauze in den Gartenzaun. Bienzle wird gegen das Armaturenbrett geschleudert. Die rechte Schulter prallt gegen die Frontscheibe, die sofort splittert.

Plötzlich ist es still.

Bienzle flucht und krabbelt aus dem Auto. Den rechten Arm kann er nicht bewegen. Er besieht sich den Schaden.

«Do hört sich doch alles auf!» keift eine Frau aus einem Fenster im ersten Stock. «Der schöne Gartezaun – und erscht letzscht Woch habe mir'n neu gestricha . . .»

Ein Ford Capri kommt die Straße herauf und hält neben Bienzle. «Kann ich . . .» weiter kommt der Fahrer nicht.

Bienzle hat seinen Polizeiausweis aus der Tasche gefischt, was gar nicht so leicht war, denn er trägt ihn in der rechten Jackentasche, und der rechte Arm gehorcht immer noch nicht. «Kriminalpolizei», sagt er. «Fahren Sie mich sofort zum Haus Nummer 111.»

Der Mann öffnet ihm die Tür; er steigt ein, und der Mann startet wortlos. Die Frau keift.

«Sie könnet doch des Auto da net stehe lasse . . .»

Bienzle tritt gegen Jarosewitchs Gartentor. Es springt zu seinem Erstaunen auf. Diesmal knurrt die Dogge, die unter der Haustür sitzt. Bienzle starrt den Hund böse an und sagt: «Halt die Schnauze!» Dann geht er ums Haus. Die Küchentür ist offen; ohne zu zögern, tritt er ein, durchquert die Küche, kommt in die Diele. So leise wie möglich geht er auf das Wohnzimmer zu.

Frau Jarosewitch, noch immer im Negligé, telefoniert. Heini steht hinter ihr und massiert ihr den Nacken.

«Ich weiß ja nicht, wieviel er noch weiß», sagt sie. «Mir ist das alles unheimlich . . . Natürlich habe ich keine Angst. Aber . . .»

Heinis Hände gleiten jetzt über ihre Schultern und umfassen ihre Brüste. Zwei Hände voll, denkt Bienzle und ist sauer auf den jungen Allzweckangestellten.

«Was heißt vorsichtig sein? Ich weiß ja sowieso zu wenig!» Sie schiebt Heinis Hände weg, aber der beginnt ungerührt wieder beim Nacken und läßt seine Hände exakt denselben Weg nehmen wie zuvor.

«Nein, ich will gar nicht mehr wissen! Mich interessiert nur der geschäftliche Teil, und ich habe immer gesagt, daß es ein einmaliges Engagement . . .»

Heini streift das Negligé über die rechte Schulter und küßt seine Chefin auf den Halsansatz. Sie reibt ihren Kopf an seiner Hüfte. Oder doch in der Nähe der Hüfte. Bienzle denkt, wenn der Heini ständig in Horchweite war, kann er die Bremsen nicht kaputtgemacht haben . . .

«Der ist unheimlich gereizt», sagt Hedwig; «auf mich wirkt er nun mal gefährlich.»

Bienzles rechte Schulter schmerzt. Heini streichelt Hedwigs Brüste.

«Was heißt außer Gefecht gesetzt?» fragt Frau Jarosewitch, und ihre Stimme bekommt einen hysterischen Klang. Wieder schiebt sie die Hände ihres Liebhabers weg.

So gut ist der Haußmann dann auch wieder nicht, denkt Bienzle. ‹Dieser Heini hat nichts mit ihr›, hat er gesagt . . .

«Und wer hat das angeordnet?» fragt Hedwig nervös. «Alfons hat so etwas ganz bestimmt nicht angeordnet – da hat doch einer eigenmächtig . . . Nein. Ich will damit nichts zu tun haben. Von Anfang an hab ich gesagt, es muß alles ohne Gewalt . . . Nein . . . Nein, sage ich! Was soll denn das? Nur weil ich nicht unglücklich darüber bin, können Sie doch nicht sagen, ich hätte seinen Tod gewollt! Ich hätte mich scheiden lassen, sobald ich das Geld gehabt hätte – mehr nicht . . .»

Bienzle überlegt. Soll er jetzt gleich eingreifen oder mit seinem Wissen abziehen? Wenn er nur wüßte, mit wem sie spricht . . . Hedwig schmeißt den Hörer auf die Gabel. Bienzle retiriert hinter den Türbalken. Ihre Stimme klingt aufgeregt.

«Die haben Bienzles Wagen präpariert. Er ist schon kampfunfähig, sagt er.»

«Scheiße», sagt Heini; «er war bei uns. Angekommen ist er doch noch, oder? Also hat der Wagen bis hierher funktioniert. Und auf wen fällt dann der Verdacht?»

«Das ist mir alles klar . . . Laß das, bitte. Jeden Moment kann wer kommen.»

«Dann können wir immer wieder aufhören . . .»

«Du bist verrückt!» Ihre Stimme vibriert ein wenig. «Ich hab jetzt wirklich andere Dinge im Kopf.»

«Ja, im Kopf!» sagt er heiser.

Wenn ich noch eine Weile hier stehenbleibe, spar ich mir den Besuch in einem Pornofilm, denkt Bienzle. Aber er rührt sich nicht von der Stelle.

«Später», keucht Hedwig. «Ich möcht ja auch, Heini, aber . . . Alles zu seiner Zeit.»

Ein wahres Wort, denkt Bienzle und geht auf Zehenspitzen in die Küche. Nur mit Mühe widersteht er der Versuchung, von dem Tablett auf dem Küchentisch ein Brötchen und eine Handvoll Schinken zu greifen. Dann ist er draußen.

Die Dogge läuft hinter ihm her. Mit schnellen Schritten erreicht er den Zaun, stützt sich mit der linken Hand auf dem oberen Rand ab und schwingt sich in einer krummen Flanke drüber. Beim Aufsprung auf der anderen Seite hätte er beinahe laut aufgeschrien, so weh tut ihm die rechte Schulter. Er beißt die Zähne zusammen und trabt zur Telefonzelle. Zuerst ruft er Gächter an.

«Der Italiener ist gefährdet – ich Idiot hab der Jarosewitch gerade erzählt, daß wir ihn auf seiner Beobachtungstour erwischt haben. Ach so, das könnt ihr ja noch gar nicht wissen . . .» Bienzle schildert ihm die Einzelheiten. «Und dann soll noch einer mit einem Dienstwagen hier raufkommen. Hasenbergsteige, so etwa Haus Nr. 60. Jemand hat an meinem Wagen die Bremsen präpariert; ich hab einen Zaun gerammt, und jetzt ist die Karre hin . . . Meine Schulter auch.»

«Erst gurten, dann starten», belehrt Gächter.

«Das kannst du dir sparen. Und sei so gut – ruf meine Frau an; ich bin dienstlich unterwegs. Mindestens am Bodensee.»

Gächter murrt: «Du hast wohl keinen Fatz Mut?»

«Mut schon, aber nicht so viel Zeit», sagt Bienzle und hängt auf.

Bei seinem Wagen stehen zwei Polizisten, die Frau aus dem ersten Stock, sieben Schulkinder, drei Hausfrauen und Heini, der Allzweckangestellte.

«Sind Sie der Fahrer des Wagens?» herrscht ihn einer der Polizisten an. «Sie sind da reingefahren und dann weggelaufen – das ist Fahrerflucht!»

«Aber i bin doch wieder da», sagt Bienzle scheinheilig.

«Das ist völlig ohne Belang», weiß der Beamte.

«Wenn Sie wüßten, wie recht Sie haben . . .» Bienzle zeigt seinen Ausweis.

Sofort werden beide Polizisten lebendig. «Was stehen Sie herum? Gehen Sie weiter!» befehlen sie den Umstehenden. Es dauert einige Minuten, bis der Bürgersteig geräumt ist.

«Der nicht; der kann bleiben», sagt Bienzle und deutet auf Heini. «Wie heißen Sie mit Nachnamen?»

«Bernsteiner. Heinrich Bernsteiner.»

«Und wie kommen Sie hierher?» fragt Bienzle.

«Ich wollte einkaufen, bin hinten durch die Gärten, da ist ein kleiner Weg.»

«Sie gehen ohne Tasche oder so was einkaufen? Und dann noch zu Fuß – wo doch hier oben kaum Geschäfte sind?»

«Das Wichtigste kann man hier schon bekommen. Und es gibt ja Plastiktüten.»

«Verstehen Sie was von Autos?» fragt Bienzle.

«Nicht viel.»

«Gut, dann sind Sie entlassen.»

Bernsteiner schaut ihn entgeistert an.

«Haben Sie was?» fragt Bienzle.

«Nein, eigentlich nicht. Nur . . . Auf Wiedersehen, Herr Kommissar.»

«Ach – Moment noch!» ruft Bienzle hinter ihm her: «Wer ist eigentlich Alfons?»

Da beginnt Bernsteiner zu rennen, springt über eine Buchsbaumhecke, umkurvt eine Platane und ist verschwunden.

«Soll ich ihm nach?» fragt der junge Polizist. «Ich laufe hundert Meter in zehnkommaneun.»

«Der auch, wenn er die Hose so voll hat wie eben!» Bienzle lacht, hört abrupt auf und hält sich die Schulter.

Haußmann kommt mit einem Dienstmercedes.

«Bringen Sie mich ins Karl-Olga-Krankenhaus», sagt Bienzle.

«Warum? Das Marienhospital ist näher.»

«Fräulein Schmiedinger liegt aber im Karl-Olga.»

Haußmann fährt umsichtig die Reinsburgstraße hinunter, über den Österreichischen Platz und Richtung Neckarstraße. Sie schweigen.

Dann sagt Bienzle: «Der hat nichts mit der Jarosewitch, der Heini?»

«Ausgeschlossen!»

«Und woher wissen Sie das?»

«Menschenbeobachtung. Ein bißchen Psychologie.»

Wieder Pause. Dann Bienzle:

«Ich hab mich da gerade von hinten durch die kalte Küche zu der Jarosewitch reingeschlichen und ein Telefongespräch belauscht . . . Richtig unfein.»

«Gott, sind Sie altmodisch!»

«Sie hat telefoniert», sagt Bienzle.

«Das sagten Sie.»

«Bernsteiner, so heißt der Heini mit Nachnamen, stand hinter ihr und hat sie bei der Gelegenheit ausgezogen und so weiter.»

Haußmann tritt ruckartig auf die Bremse. «Nein!?»

«Au!» schreit Bienzle. «Ich bin verletzt, das müssen Sie doch gemerkt haben – ein bißchen Menschenbeobachtung, wenn ich bitten darf.»

«'tschuldigung . . .»

«Aber das mit der Überwachung von Fräulein Schmiedinger, das haben Sie klasse gemacht», sagt Bienzle.

Dann spricht keiner mehr etwas, bis sie im Karl-Olga-Krankenhaus sind.

«Wo gehts zur Ambulanz?» fragt Haußmann den Mann an der Pforte.

«Da gehen wir nachher hin», sagt Bienzle. «Auf welcher Station liegt Fräulein Hannelore Schmiedinger?»

«Das kann ich Ihnen nicht sagen. Sie darf ohnehin keinen Besuch . . .»

«Ausgezeichnet», unterbricht Bienzle und zeigt seinen Ausweis. «Ich werde Sie an höherer Stelle lobend erwähnen.»

«Zimmer 316, dritter Stock!» Der Portier schlägt die Hacken zusammen.

«Ein bißchen Menschenbeobachtung und Psychologie sagt mir, daß dieser Mann einstmals Soldat war», murmelt Bienzle im Weitergehen.

Vor Zimmer 316 sitzt Polizeimeister Karl Heinze, Kegelbruder von Bienzle.

«Scheißjob», knurrt er.

«Aber wichtig. Ich bin froh, daß du hier sitzt», sagt Bienzle; «da gibt's ein paar Leute, die das Mädchen möglichst mausetot sehen wollen, und wenn sie es ein zweites oder drittes Mal versuchen müssen.»

«Ehrlich?»

«Ehrlich . . . Karle, 's isch oifach nemme wia früher! Bei ons goht's uf oimol zua, als ob mr d'Mafia im Ländle hättet.»

«Du liaber Herr Gesangverein!» sagt Karl Heinze, will sich eine Zigarette anstecken und schiebt sie in die Packung zurück. «I bin im Krankenhaus, um mir's Raucha abzugewöhne», sagt er.

Bienzle lacht und spürt seine Schulter.

«Ja, ischt des dei Ernscht mit dr Mafia?» fragt der Kegelbruder.

«Bis zu dem Moment war mir's eigentlich net ernscht, aber wer woiß, dr Teufel ischt a Eichhörnle», sagt Bienzle, und er sieht sehr nachdenklich dabei aus.

Der Stationsarzt kommt den langen Gang herunter. «Sind die Herren von der Polizei?» fragt er.

Bienzle und Haußmann stellen sich vor.

«Fräulein Schmiedinger hat vor einer Stunde zum erstenmal das Bewußtsein erlangt, aber vernehmungsfähig wird sie frühestens übermorgen sein. Mit einer solchen Kopfverletzung ist nicht zu spaßen.»

Bienzle atmet hörbar auf: «Immerhin ist sie nicht mehr in Lebensgefahr?»

«Nein, das ist sie nicht mehr», sagt der Arzt.

Haußmann wird ungeduldig. «Herr Doktor, unser Kommissar hier ist ziemlich verletzt; er sollte schnellstens behandelt werden.»

«Die Ambulanz ist im ersten Stock», sagt der Arzt; «aber zeigen Sie mal her . . .»

Bienzle schält sich mühselig aus dem Jackenärmel und schiebt sein Hemd über die Schulter.

«Das muß auf jeden Fall geröntgt werden», meint der Mediziner.

Bienzle hat schwere Prellungen, gebrochen ist nichts. ‹Eine leichte Verrenkung› wird an Ort und Stelle behoben. Bienzle brüllt, daß die Scheiben klirren. Dann läßt er sich von Haußmann ins Büro fahren.

Gächter hängt in seinem hölzernen Bürosessel und liest die *Stuttgarter Zeitung*. Bienzle dreht am Radio, bis er irgendwo klassische Musik findet. Dann setzt er sich Gächter genau in dessen Haltung gegenüber und sagt:

«Nun?»

«Deine Frau ist beunruhigt, sauer, voller Angst und Ärger; sie hat kein Auge zugemacht in der letzten Nacht und überdies schlecht geschlafen, und wenn du's so weitertreibst, brauchst du erst gar nicht mehr heimzukommen.»

«Danke.»

«Das sind nur Auszüge.»

«Genügt.»

«Kaffee?» fragt Gächter.

«Danke, ich hab in einem der ersten Häuser der Stadt gefrühstückt.»

«Den Italiener lassen wir beschatten.»

«Durch wen?»

«Ganter und Gollhofer wechseln sich ab.»

«Die G-Men, aha.»

Gächter mustert ihn. «Irgendwas stimmt mit dir nicht.»

«Alles stimmt nicht, und nicht nur mit mir stimmt alles nicht.»

«O du liabs Herrgöttle . . .»

«Laß des gefälligst!» schnauzt Bienzle.

«Willst du mich nicht ein bißchen einweihen?» erkundigt sich Gächter unbeeindruckt.

«Also gut . . . Was wissen wir? Der Jarosewitch will am Sonntag nach Italien – nicht nach Bologna und nicht nach Florenz, sondern nach Venedig. Warum er den Umweg durch den Tauerntunnel nimmt, ist unklar; vielleicht, um einen möglichen Verfolger in die Irre zu führen – was weiß ich. Vielleicht fährt er einfach gern Auto . . . Na ja. Im Autozug zwischen Gastein und Mallnitz wird er umgelegt, und zwar auf eine verdammt raffinierte Art . . . Was Neues aus Österreich?» fragt er dazwischen.

Gächter zuckt die Achseln. «Keine Indizien, die gegen meine . . . eh, unsere Hypothese sprechen. Fingerabdrücke haben sie geschickt, ein paar Dutzend. Die waren am Waggon, und . . .»

«Am *was*?»

«Waggon. Walter, Anton, zwomal Georg . . . Da kriegt jetzt wohl irgendein Rangierer versehentlich lebenslänglich.»

«Gott erhalte Franz den Kaiser . . . Was hast du damit gemacht?»

«Per Bildfunk ans BKA nach Wiesbaden. Der Bescheid ist schon da. Keine erkennungsdienstlich bekannten Pfoten dabei.»

«Kunststück . . . Also», nimmt Bienzle den Faden wieder auf, «der Jarosewitch wird umgelegt. Der Täter kehrt vermutlich durch den Tunnel zurück, noch ehe sich auf der anderen Seite die Aufregung erst richtig breitgemacht hat. Sein Fahrzeug wird gefunden . . . Na, und so weiter. Deine – nicht ‹unsere› – Hypothese wird wohl im wesentlichen zutreffen. Die Witwe zeigt sich wenig erschüttert. No ja, der Mann war fast vierzig Jahre älter, und er hinterläßt ein Vermögen. Die Angestellten sind auch nicht unglücklich, sie feiern sogar ein Fest. Aber die Sekretärin weiß was. Der Verkäufer Korbut auch. Die Sekretärin will's erzählen, der Korbut nicht. Die Sekretärin kostet es beinahe das Leben . . .»

Er schnauft, rückt sich im Sessel zurecht, sagt «Au!», hält sich die Schulter und fährt fort.

«Die Witwe hat was mit dem Mädchen für alles, einem gewissen Heinrich Bernsteiner. Ihr Bruder durchsucht das Büro ihres Mannes, aber was er weiß, wissen wir noch nicht. Frau Jarosewitch spricht am Telefon von einem Alfons und beteuert, daß sie den Tod ihres Alten nicht gewollt habe – es sei ihr nur ums Geld gegangen . . . Also hängt sie mit drin. Ein kleiner Italiener bewacht die Villa des Rechtsanwalts Bäuerle; er bedient sonst im La Fontana und hat fürchterlich Angst, daß wir dort erscheinen und herumfragen. Im weiteren versucht irgendwer, mich kampfunfähig zu machen . . .» Bienzle springt auf, sagt wieder «Au!», geht zur Tür, reißt sie auf und brüllt in den Korridor:

«Haußmann!»

«Es gibt auch Telefon», murmelt Gächter.

«Ich brauch das für meinen Kreislauf», sagte Bienzle.

Haußmann, der ein Telefonat mit seiner Freundin unterbrechen muß, kommt gespurtet.

«Was sagt eigentlich der Korbut?»

«Der Bericht liegt auf Ihrem Schreibtisch, Herr Kommissar.»

«Ich kann nicht lesen. Jetzt wenigstens nicht.»

«Also, Jarosewitch kauft schon seit Jahren Schmuck aus Diebstählen und Einbrüchen. In Degerloch hat er eine kleine Werkstatt, die ganz offiziell von einer Goldschmiedin betrieben wird, richtig so mit Verkauf, Reparaturarbeiten und so weiter. Die Frau heißt Irene Korbut und ist die Angetraute und inzwischen Geschiedene des Geza Korbut. Ihr Exmann macht den Kurier und überwacht seine ehemalige Frau. Gelegentlich, wenn es schnell gehen muß, hilft er mit, den gestohlenen Schmuck umzuarbeiten. Da bekommen Brillanten andere Fassungen, Gold wird eingeschmolzen und neu verarbeitet und was es da sonst noch für Tricks gibt. Schmuck, der wirklich nicht mehr zu erkennen ist, kommt in

Jarosewitchs eigene Kollektion – es soll mal passiert sein, daß ein bestohlener Mann seiner Frau den ehemals eigenen Brillantring ein zweites Mal in veränderter Form gekauft hat. Was nicht ausreichend verändert werden kann, geht – auch per Kurier – nach Berlin, Hamburg oder ins Ausland an feste Abnehmer. Korbut macht wieder den Kurier. Manchmal reist Jarosewitch voraus und nimmt den Schmuck selbst mit.»

«Aus dem haben Sie ja wirklich eine ganze Menge herausgeholt.»

«Danke . . . Aber warum Jarosewitch in den letzten vier Wochen so anders war, warum er nicht einmal mit Korbut mehr sprach, weiß der auch nicht. Vier Wochen lang habe der Chef nur rumgeschrien, nichts sei ihm recht gewesen, oder er sei tagelang nicht ins Geschäft gekommen. Besuch habe er zweimal gehabt – von Leuten, die vermutlich ebenfalls Kurierdienste geleistet hätten. Normalerweise hätten sie sich telefonisch angemeldet, und Jarosewitch habe dann alle rausgeschmissen . . . Einen kennt Korbut. Er soll Max Grüner heißen und auch beim Quellenwirt gelegentlich auftauchen. Man rechne ihn aber zu einer Frankfurter Crew.»

«Crew! Früher hieß das Bande», mault Bienzle.

«Korbut sagt Crew.»

«Von mir aus . . . Weiter!»

«Daß da noch andere Vermittler und Zulieferer sind, schließt Korbut aus der Tatsache, daß seine Frau auch Schmuck umzuarbeiten hatte, der nicht von ihm gekauft oder transportiert worden ist.»

«Gilt das auch für den Verkauf an in- und ausländische Grobabnehmer?»

«Nein; Korbut behauptet, daß nur er den Kurier beim Verkauf gemacht habe.»

«Gut. Sie versuchen rauszubekommen, wer diese anderen Kuriere waren; bei Grüner muß das ja einfach sein. Dann wollen wir mal unseren kleinen Italiener mit ein paar Paßbildern von diesen Leuten konfrontieren.»

«Ich mach mich gleich dran», sagt Haußmann.

«Die Hedwig Jarosewitch ist keine Gangsterbraut», sinniert Bienzle laut vor sich hin. «Die hat eine Chance gesehen, zugegriffen und in lauter Scheiße gelangt.»

«Na, na», sagt Gächter; «ich muß doch bitten . . .»

Bienzle ist nicht nach Frozzeleien.

«Sie wollte ein Geschäft machen. Kalt und berechnend ist sie vielleicht und lange nicht so dumm, wie ich gedacht habe. Und ihr Heini hält sich für etwas, was er nicht ist.»

«Nämlich?» fragt Gächter.

«Für ihren Liebhaber und Komplicen. Zumindest das eine ist er nicht . . . Magst du Pizza?»

«Pizza ist zwar so was wie euer Zwiebelkuchen», sagt Gächter, «aber wenn's denn schon sein muß, gehen wir eben ins Fontana.»

Das Haus ist schäbig, aber der Baldachin über der Tür ist prächtig rot und imposant gerafft. Als Bienzle die Tür aufmacht, schlägt ihm amerikanische Rockmusik entgegen. George McCrae singt ‹Rock me, Baby›. Bienzles Geschmack ist das nicht.

Gächter, schlaksig und ungeschickt, stößt an jedem Tisch an auf der Suche nach zwei freien Plätzen. Eng ist es hier, laut, und es riecht anheimelnd nach Fett und Spaghetti, Tomatensoße und Parmesankäse. Antonio Breda hat Bienzle beim Hereinkommen erkannt. Er läßt sich Zeit, bringt nach zehn Minuten die Karte und flüstert:

«Sie haben mir versprochen . . .»

«Bringen Sie mir ein Viertel roten Landwein», unterbricht ihn Bienzle laut und sagt dann leise: «Da hat sich einiges verändert. Die wissen Bescheid. Eine blödsinnige Ungeschicklichkeit.» Er sagt nicht ‹von mir›.

Breda bedient an ein paar anderen Tischen. Kriminalmeister Gollhofer schlürft drei Tische weiter einen Campari Soda und sieht wirklich nicht wie ein Polizist aus. Eher schon wie ein früh gealterter Hippi.

Bienzle bestellt eine Pizza Diavolo und sagt zu Breda: «Heute abend, 23.30 Uhr, im ‹Ochsen› treffen Sie einen Mann von mir, der erklärt Ihnen alles. Geht das?»

Der Italiener nickt und sagt: «Noch ein Wein – sehr wohl, der Herr.»

Jetzt hat Bienzle Zeit, sich umzusehen. Es ist eine Pizzeria wie tausend andere. Das Publikum: junge Leute, meistens Stammgäste offenbar, die wohl in den umliegenden Bürohäusern beschäftigt sind; wenige italienische Arbeiter. Kein Gast, der durch irgendwelche Besonderheiten auffallen würde.

Gächter sagt: «Manchmal haben sie in einem Hinterzimmer noch Spieltische oder so was.»

«Kann ich mir hier nicht vorstellen», sagt Bienzle, «aber ich muß sowieso mal raus.» Er steht auf und geht durch einen Perlenschnurvorhang, über dem Toiletten steht.

Der kleine Korridor ist dunkel und muffig. Es riecht nach Urin und schlechtem Fett. Am Ende des schmalen Steinfußbodens führt eine enge Holztreppe nach oben. Bienzle steigt bis zum ersten Treppenabsatz und sieht, als er um die Ecke kommt, daß eine Tür nach draußen geht zu einer Art Balkon, von dem eine schmale Stiege nach unten führt in den Hinterhof, den offensichtlich die Angestellten als Parkplatz benutzen. Elf Stufen weiter oben kommt er wieder in einen schmalen Korridor, der fast völlig dunkel ist. Die einzige Lichtquelle sind die Glasscheiben in der Holztür am Treppenabsatz. Er öffnet die erste Tür und blickt in ein Schlafzimmer, das bis zum Heiligenbild über dem Ehebett jedem schwäbischen Bauernschlafzimmer entspricht. Die nächste Tür ist verschlossen. Die dritte öffnet sich geräuschlos . . . Bienzle bleibt völlig konsterniert stehen.

Er befindet sich in einem kleinen, aber ausgeklügelt eingerichteten Managerbüro. Weiße Regalwände mit säuberlich beschrifteten Ordnern, zwei IBM-Kugelkopfschreibmaschinen auf über Eck gestellten Tischen. An der Stirnseite ein ausladender Schreibtisch aus Chrom und weißem Lack, dahinter ein hochaufragender Ledersessel und in dem Sessel ein kleiner, pausbäckiger und schwarzhaariger Mann mit einer riesigen Hornbrille auf der Nase, über deren kreisrunde Ränder er den Eindringling neugierig anschaut.

«Bei uns pflegt man anzuklopfen, ehe man eintritt», sagt der Mann hinter dem Schreibtisch.

«Verzeihung, ich habe zweimal geklopft», sagt Bienzle, «aber Sie haben nicht geantwortet.»

«Das ist nicht wahr, denn ich habe hervorragende Ohren», sagt der Mann.

«Na gut – was sollen wir auch Versteck spielen», sagt Bienzle; «ich bin Kriminalkommissar Bienzle und warte da unten gerade auf meine Pizza. Und weil wir Hinweise haben, daß in manchen Pizzerias gelegentlich auch verstecktes Glücksspiel stattfindet, hab ich mich eben mal umgesehen.»

Der Mann hinter dem Schreibtisch steht auf, wodurch er eher noch kleiner wirkt, kommt um den Tisch herum, verbeugt sich leicht, ohne Bienzle die Hand zu geben, und sagt: «Mein Name ist Fontana; ich heiße wirklich so, und mein Lokal heißt nach mir.» Dann schaut er zu Bienzle auf, geht mit auf dem Rücken verschränkten Händen um ihn herum und schüttelt den Kopf. «Sie lügen viel, Herr Kommissar.»

Bienzle zuckt die Achseln, unterdrückt das ‹Au!› und schenkt es sich, zu protestieren.

«Sie sind Leiter der Mordkommission», sagt der Zwerg, «und kümmern sich bestimmt nicht um das verbotene Glücksspiel.»

«Gut», sagt Bienzle, «und Sie haben ein Büro, das man vielleicht für ein mittleres Ex- und Importunternehmen braucht, aber nicht für eine Pizzeria mit vierzig Plätzen.»

«Ich habe aber zwölf Pizzerias in neun Städten», sagt Fontana, «und die wollen gemanagt sein, glauben Sie mir!»

«Kein Wort glaube ich, eine Ehre ist der anderen wert», sagt Bienzle, und dann: «Sie entschuldigen, meine Pizza wird kalt.»

«Sie haben mir noch nicht gesagt, warum Sie hier sind.»

Bienzle antwortet nicht, denn er hat auf dem Schreibtisch auf einer Schreibunterlage drei Telefonnummern gelesen, die er sich mühevoll merkt und die er unbedingt behalten will. Da darf ihn jetzt niemand aus dem Konzept bringen. Er zieht die Tür hinter sich zu und geht die Treppe hinunter. Dabei memoriert er vor sich hin wie ein Kind, das zum Einkaufen geschickt wird und nichts vergessen will: «267531» und «22 42 13» und «55 98 48». Im Lokal bittet er Gächter um einen Kugelschreiber und notiert sich die Nummern in sein Scheckbuch.

«So ist es, wenn man immer meint, auf ein Notizbuch verzichten zu können», sagt Gächter, während er krampfhaft versucht, Spaghetti um seine Gabel zu drehen.

«Nimm den Löffel zur Hilfe, dann klappts», sagt Bienzle und macht sich über seine Pizza her.

Im Büro reißt Bienzle das Fenster auf; die Luft ist stickig. Aber was von der Straße hereindringt, bringt auch keine Erfrischung. Bienzle zieht die Krawatte aus, öffnet sein Hemd und trocknet mit dem Taschentuch den Schweiß auf der Brust und unter den Armen. Der Himmel ist dunkel.

«Es wird ein Gewitter geben», sagt Gächter.

«Hoffentlich», murrt Bienzle und zückt sein Scheckbuch.

Er wählt die erste Nummer, die er auf Fontanas Schreibtisch gelesen hat. Eine monotone Frauenstimme sagt: *Dieser Anschluß ist vorübergehend nicht erreichbar. Dieser An . . .* Er legt auf. Bei der zweiten Nummer erfährt er dasselbe. Er wählt 55 98 48, hört das Freizeichen, dann eine lebendige Frauenstimme:

«Ja, hier Korbut?»

«Ist dort die Schmuckboutique Korbut?» fragt Bienzle.

Gächter richtet sich überrascht in seinem knarrenden Holzstuhl auf.

«Ja», antwortet die weibliche Stimme; «was kann ich für Sie tun?»

Am liebsten hätte Bienzle gesagt, ein paar wichtige Fragen beantworten; statt dessen improvisiert er: «Ach wissen Sie, ich habe meiner Frau kürzlich einen Ring gekauft, in so einem großen Laden – Jarosewitch oder so ähnlich. Jetzt paßt er ihr nicht. Das heißt nicht, daß er ihr nicht gefällt; er sitzt nicht, verstehen Sie? Und nun sagte man mir, daß Sie so etwas in Ordnung bringen.»

«Ja, schon», sagt die Dame am anderen Ende, «aber so gern mache ich das auch wieder nicht, wenn es nicht gerade ein Schmuck von mir ist.»

«Das kann ich mir denken. Darf ich trotzdem mal vorbeischauen? Ich suche auch nach einem hübschen Anhänger oder einer Kette oder so was. Das finde ich doch bei Ihnen?»

«Natürlich. Ich habe bis sechs Uhr geöffnet.»

«Danke, vielen herzlichen Dank», sagt Bienzle, für Gächters Geschmack etwas zu überschwenglich, und legt auf.

Gächter fragt: «Das war eine der Nummern, die du dir im Fontana notiert hast?»

«Richtig.»

«Und die anderen beiden?»

«Vorübergehend nicht besetzt; laß doch mal jemand nachforschen, wer die Besitzer dieser Anschlüsse sind.» Bienzle reicht Gächter den Scheck.

«Vor Scheckfälschern fürchtest du dich überhaupt nicht?»

«Na, in dem Fall wäre der Täter ja wohl leicht zu ermitteln. Im übrigen ist mein Konto sowieso überzogen.»

«Und jetzt willst du auch noch einen Anhänger oder eine Kette oder so was kaufen? Deine Frau wird schnell versöhnt sein.»

«Oh, heiligs Blechle – des hab i ganz vergesse!» Bienzle seufzt und wählt seine Privatnummer.

Gächter sieht seinem Kollegen voller Mitleid zu, wie er schon beim Drehen der Wählscheibe noch heftiger ins Schwitzen kommt.

«Was hast du denn meiner Frau erzählt?» fragt der Kommissar.

«Du bist am Bodensee; wichtige Recherche.»

«Hallo, Hanna – wie gehts?» ruft Bienzle aufgeräumt.

Dann schweigt er lange, sagt mal «Aber . . .», «Das mußt du doch . . .», «Jetzt hör aber mal zu . . .», «Ich habe doch . . .» Dann plötz-

Ein Scheckbuch . . .

. . . ist zu allerhand nütze, ja, es ist eines der vielseitigsten Bücher überhaupt. Zwar steht anfangs nicht viel drin, aber dafür kann jeder den Inhalt selbst bestimmen. Man füllt Blatt um Blatt selbst aus, und das kann so spannend sein, daß es manchem schwerfällt, sich von den einzelnen Seiten loszureißen. Eine sehr schöne Seite am Scheckbuch: Für jedes Blatt kann man sich eine Menge anderer Bücher kaufen.

lich laut und jedes Wort betonend: «Darauf kannst du dich verlassen – das werde ich auch tun!» Er legt auf.

Gächter liest angelegentlich in einer Akte und macht sich Notizen. Ohne aufzusehen, sagt er: «Du kannst natürlich für ein paar Tage bei mir unterkommen.»

«Danke», sagt Bienzle, knöpft sein Hemd zu, bindet die Krawatte um, reißt sie wieder ab und geht zur Tür. «Ich schau mal bei der Korbut vorbei. Haußmann soll nicht vergessen, daß er den Breda im ‹Ochsen› trifft, und du sorgst dafür, daß wir schnell erfahren, wer die Anschlußinhaber der beiden Nummern sind.»

Bienzle nimmt einen Dienstwagen. Er kurbelt alle vier Fenster herunter. Das Schalten macht ihm Schwierigkeiten, weil noch immer jede Bewegung des Armes in der Schulter schmerzt. Über dem Fernsehturm zucken die ersten Blitze. Der Wind wirbelt weiße Staubwolken von den Straßen auf. Die Menschen rennen, um noch vor dem Beginn des Unwetters nach Hause zu kommen. Düstere Wolken schieben sich über die Hügel der Stadt. Bienzle kann kaum atmen. Selbst der Fahrtwind ist warm und molzig. Er sucht Musik im Radio und – wie bestellt – ertönt ein Ausschnitt aus Beethovens Fünfter. Er fährt langsam und nachdenklich die Weinsteige hinauf. Es blitzt. Bienzle zählt: einundzwanzig, zweiundzwanzig, dreiundzwan . . . Da kracht der Donner. Das Gewitter ist noch knapp einen Kilometer entfernt, denkt er.

Bienzle schaut auf die Uhr. 15.22, registriert er sachlich. Da fällt ihm ein, daß er die Anschrift der Schmuckboutique nicht mehr weiß. Am Bopser hält er und geht zu einem Telefonhäuschen, um im Telefonbuch nachzusehen: Erlenweg 13. Die Tür der Telefonzelle muß er gegen den anhebenden Gewittersturm aufstemmen. Schwere Wassertropfen schlagen ihm ins Gesicht. Er rennt mit gesenktem Kopf zu dem Dienstwagen und sieht dennoch, daß nur etwa siebzig Meter davor ein weißer Mercedes ordnungswidrig parkt. Den Mann, der hinter dem Steuer sitzt, hat er noch nie gesehen. Er beschleunigt. Kurz vor Degerloch sieht er den weißen Mercedes im Rückspiegel . . . Wenn er mich verfolgt, ist er entweder doof, oder er legt gar keinen besonderen Wert darauf, daß ich's nicht merke, denkt der Kommissar.

Der Erlenweg ist ein Dorfsträßchen, wie man sie in Stuttgarts Vororten, die früher allesamt Bauerndörfer waren, überall findet. Das Haus

Nummer 13 steht in einem Garten. Am eisernen Zaun wirbt ein hübsch gestaltetes Schild für die SCHMUCKBOUTIQUE IRENE KORBUT.

Der Regen ist stärker geworden; die Scheibenwischer schaffen die Wassermassen kaum weg. Durch das angelaufene Rückfenster kann Bienzle nicht erkennen, ob ihm der weiße Mercedes gefolgt ist. Er steigt aus und wirft einen Blick zurück. Nichts zu sehen. Er läuft zum Gartentor, das offensteht, und über den Plattenweg zum Haus. Ein nach unten zeigender Pfeil weist den Weg: SCHMUCKBOUTIQUE.

Drei Steinstufen führen zu einer schwarzen Holztür mit drei kleinen, schmalen Fensterchen hinab. Der Rahmen der Tür und die Rahmen der Fensterchen sind rot gestrichen. Bienzle will hineingehen, aber die Tür ist verschlossen.

Das Regenwasser rinnt ihm in den Kragen. Neben der Tür entdeckt er ein Kettchen. *Hier ziehen* steht da auf einem Täfelchen, das auf einer Toilette abgeschraubt worden sein muß. Die Emaille hat schon Masern. Bienzle zieht.

Eine Glocke gibt feine musikalische Töne von sich, gleich darauf zerreißt ein Blitz den Himmel. Der Donner kracht, und wieder macht die Glocke im Innern *kling, klang.*

Im Haus rührt sich nichts.

Bienzle wartet zwei Minuten. Dann nimmt er die Treppe in einem Satz, rennt um die Ecke und vier weitere Stufen zur Haustür hinauf. Dort ist wenigstens ein Vordach. Er entdeckt unter den vier Klingelschildern auch das von Irene Korbut. Er drückt, und im gleichen Moment ertönt ein neuer Donnerschlag. Normalerweise hätte Bienzle darüber gelacht. Aber jetzt hat er Angst. Er friert und drückt alle Klingeln auf einmal. Der Türsummer ist zu hören, die Haustür springt auf. Im Treppenhaus steht eine alte weißhaarige Frau. Von weiter oben rufen Stimmen: «Ja, wer ist denn da?» Dann fragen sie sich gegenseitig, ob man bei ihnen auch geklingelt habe.

Bienzle geht auf die weißhaarige Frau zu und sagt: «Polizei; ich muß zu Frau Korbut. Kann man von hier aus in die Werkstatt gelangen?»

«Sie sind schon der zweite, der das fragt», sagt die Dame; «haben Sie einen Ausweis?»

Bienzle kramt den Ausweis hervor und hält ihn ihr unter die Nase.

«Die Treppe da führt zum Souterrain, unten müssen sie rechts durch den Heizungskeller, am Ende ist eine eiserne Tür, die führt zur Werkstatt.»

«Danke. Und wo wohnt Frau Korbut?»

«Hier unten, im Erdgeschoß, mir gegenüber.»

«Wissen Sie, ob sie da ist?»

«Ich habe sie heute noch nicht gesehen, aber das will nichts heißen; ich sitze den ganzen Tag in meinem . . .»

Bienzle läßt sie stehen und geht die Treppe hinunter. Im Heizungskeller riecht es nach Öl und Waschpulver. Die Eisentür ist über und über mit bunten Sprüchen beklebt: *Seid gut zu Vögeln*, steht da, und *Gott liebt auch dich*; daneben der alte schwäbische Spruch *Hätt'st dei Gosch g'halte, dann hätt dich der Bosch b'halte. Bosch* ist ausgestrichen, und darüber steht in dicken roten Buchstaben JAROSEWITCH.

Die buntbeklebte Eisentür ist verschlossen.

Bienzle sucht den Keller ab. Neben dem Ölfaß steht so etwas wie ein Werkzeugkasten. Mit einem Nagel versucht er das einfache Schloß zu öffnen. Es widersteht. Bienzle kippt den Werkzeugkasten um und verflucht sich selbst dafür, daß er wieder einmal allein losgezogen ist.

Unter all den rostigen Schraubenschlüsseln, Nägeln, Schraubenziehern und Zangen purzeln auch ein schwerer Meißel und ein Hammer heraus. Der Kommissar treibt den Meißel mit ein paar Hammerschlägen dicht neben dem Schloß in die Tür. Trotz heftiger Schmerzen faßt er nach einigen vergeblichen Versuchen den großen Hammer mit der rechten Hand. Das Eisen biegt sich. Noch einmal schlägt er mit aller Kraft zu. Das Schloß springt auf, die Tür schwingt ihm entgegen.

Es ist dunkel in dem kleinen Raum, aber er erkennt sofort, daß alles verwüstet ist. Und noch etwas erkennt er in der Düsternis: einen schmalen weißen Arm, der unter dem Arbeitstisch hervorsieht. Bienzle sucht den Lichtschalter, dabei berührt seine Hand am Türrahmen einen herabhängenden schmalen Streifen, der an seiner Hand klebenbleibt. Ein heller Blitz zuckt draußen. Bienzle erkennt mit einem Blick, daß die gesamte Türeinfassung mit Tesamoll verklebt ist. Abgedichtet. Er ist für Sekunden wie gelähmt. Dann schnüffelt er in die Luft. Ein leichter Gasgeruch ist, wie er weiß, in Goldschmiedewerkstätten durchaus üblich . . . Kein Feuer machen! denkt er automatisch und sucht weiter nach dem Lichtschalter. Da folgen zwei langgezogene Blitze aufeinander. Das Licht fällt durch die schmalen Fenster an der Eingangstür und huscht über die Wand. Die Lichtleitung ist aus dem Verputz gerissen, die Drähte liegen frei und sind vielleicht sogar noch blankgeschabt worden . . . Bienzle schaudert.

Im gleichen Moment kracht es hinter ihm.

Die Tür wurde zugeworfen. Bienzle fährt herum und hechtet nach dem Türgriff. Zu spät. Die Tür ist von außen verbarrikadiert, vermutlich wurde eine Latte oder ein Stück Eisen zwischen Klinke und Rahmen gekeilt.

Bienzles Gehirn arbeitet fieberhaft. Hier drin muß ziemlich viel Gas sein, wenn wohl auch einiges entwichen ist, während die Eisentür offenstand. Er beugt sich zum Schlüsselloch, und dann braucht er nicht mehr zu rätseln. Er sieht eine Hand mit einem brennenden Streichholz. Der Kommissar reißt ein Stück Tesamoll ab, klebt es über das Schlüsselloch, dann hastet er über umgestürzte Stühle, herumliegende Schläuche, Metallstückchen und Werkzeuge zur Eingangstür. Er greift sich einen Hokker und zertrümmert mit den Stuhlbeinen die drei schmalen Fenster. Wieder zuckt ein Blitz auf. Bienzle erkennt, halb hinter einem Vorhang versteckt, ein Handwaschbecken. Er rennt hin und dreht den Hahn auf. Jetzt ein Gefäß finden. An der Tür hört er ein kratzendes Geräusch. Wahrscheinlich versucht sein Gegner, den Tesamollstreifen mit einem Nagel oder etwas Ähnlichem nach innen zu stoßen. Beim nächsten Blitz sieht Bienzle eine zerbrochene Blumenvase am Boden liegen. Er hebt sie auf und schneidet sich dabei. Es blutet. Das zackige Gefäß nimmt nur wenig Wasser auf, aber er rennt wie ein Verrückter hin und her, gießt Wasser über die Tür. Schemenhaft kann er erkennen, daß der Streifen über dem Schlüsselloch durchstochen ist und sich nun löst. Mit der zerbrochenen Vase in der Hand beugt er sich vor die winzige Öffnung. Der Mann auf der anderen Seite der Tür hat einen Fidibus aus Zeitungspapier gedreht, der nun brennt und langsam auf das Schlüsselloch zugeschoben wird, wie ein Faden in Richtung Nadelöhr. Bienzle wartet. Die Flamme zuckt vor seinen Augen hin und her. Jetzt ist sie am Schlüsselloch, im gleichen Moment knallt Bienzle die Vase, Öffnung voraus, auf die Stelle. Draußen hört er einen dumpfen Fluch und gleich darauf weit entfernt die Stimme der alten Frau:

«Was geht eigentlich da unten vor?»

Dann Schritte, ein gellender Aufschrei und eine Tür, die ins Schloß fällt. Bienzle hastet durch den Raum zur anderen Tür und hört durch den prasselnden Regen Schritte, dann zwei männliche Stimmen und schließlich ein startendes Auto.

Dann ist es still.

Nur der Regen trommelt weiter auf die Platten des Gartenwegs und auf die Treppenstufen vor der Tür. Das Ganze hat höchstens vier Minuten gedauert. Automatisch blickt Bienzle auf die Uhr: 15.57 . . . Etwas bewegt sich.

Bienzle fährt herum und sieht die Frau. Plötzlich fällt ihm ein, daß er sie von Anfang an für tot gehalten hat. Er schüttelt den Kopf und fängt an, sich vor sich selbst zu fürchten. Er beugt sich zu der Frau hinab.

Wieder – diesmal schon viel schwächer – fährt ein Blitz über den Himmel. Die Frau sieht ihn mit sehr lebendigen Augen an. Ihr Gesicht ist angstverzerrt, ihre Nase muß geblutet haben. Über der Oberlippe sieht Bienzle einen verkrusteten roten Streifen.

«Ruhig, ganz ruhig bleiben», sagt er; «ich werde Ihnen bestimmt nichts tun. Ich bin hier, um Ihnen zu helfen.»

Draußen hämmert jemand gegen die Tür. Bienzle geht hinüber und ruft: «Die Tür muß verkeilt sein, versuchen Sie zu öffnen.» Dann geht er zu der Frau zurück. Während draußen an der Tür kratzende Geräusche zu hören sind, zieht er den vor Angst starren Körper unter dem Arbeitstisch hervor. Er kann fühlen, daß sie an den Händen gefesselt ist.

Die Tür springt auf. Ein Lichtschein fällt herein und erfaßt die am Boden liegende Frau. Sie zittert. Bienzle blickt auf und direkt in einen Pistolenlauf.

«Gollhofer, lassen Sie den Scheiß», sagt der Kommissar grob, und erst dann fragt er völlig perplex: «Wie kommen Sie überhaupt hierher?»

«In dienstlichem Auftrag», sagt der und kommt herein, um dem Chef zu helfen, die Frau von ihren Fesseln zu befreien.

«Genauer!»

«Ich habe Breda verfolgt.»

«Breda?»

«Ja, von 15 Uhr bis 18 Uhr schließt das Fontana. Er hat sich ziemlich hastig auf die Socken gemacht. Zuerst dachte ich, er hat's wegen dem Gewitter so eilig, aber er hat sich ein Taxi genommen, und ich bin ihm in einem anderen nach. Er hat den Wagen drei Straßen von hier verlassen und ist dann sehr vorsichtig hierhergeschlichen. Ich immer hinterher. Da drüben auf der anderen Straßenseite hat er eine ganze Weile gewartet und ist dann plötzlich in die Büsche retiriert, als Sie kamen. Kurz darauf erschien ein weißer Mercedes. Ich hab gewartet . . .»

«Machen Sie's doch nicht so spannend!»

«Na ja, der Mercedes hielt, aber es stieg keiner aus. Er parkte praktisch an der Stelle, an der Breda noch ein paar Sekunden vorher gestanden hatte. Dann hörte ich plötzlich eine Frau schreien, ein Mann stürzte aus dem Haus, der Typ im Mercedes hopste aus dem Auto und schrie: ‹Ist was schiefgegangen?› Der andere brüllte zurück: ‹Bullen!›, schmiß sich in die Karre, und ab ging die Post.»

«Mit beiden?»

«'türlich.»

«Und Breda?»

«Weiß ich nicht. Ich bin hierhergerannt, um mich um die schreiende alte Dame zu kümmern . . . War nicht so schlimm. Der Typ hat sie nur zur Seite gestoßen.»

Die Goldschmiedin hat sich aufgerichtet und lehnt sich an den Arbeitstisch. Sie schluchzt leise. Ihr ganzer Körper wird geschüttelt.

«Ich werde mal Licht machen», sagt die alte Frau, die neugierig hereingekommen ist.

«Stop!» brüllt Bienzle und hält ihr Handgelenk fest.

«Hilfe!» brüllt die Frau. «Mörder, Mörder . . .»

Bienzle nimmt alle Kraft zusammen und sagt: «Hören Sie doch auf! Die Leitung ist kaputt. Es wird einen Kurzschluß geben, und hier ist noch vor kurzem ziemlich viel Gas ausgeströmt.»

«Ach so», sagt sie, als ob dies etwas ganz Natürliches wäre, und dann fast lustvoll: «So etwas ist in diesem Haus noch nie passiert.»

«Bringen Sie die Dame nach oben», sagt Bienzle zu Gollhofer, «und rufen Sie einen Krankenwagen und Verstärkung . . .» Er wendet sich der Frau zu: «Wie geht es Ihnen?»

Sie kann nur schluchzen.

«Können Sie gehen?»

Sie nickt.

«Kommen Sie, legen Sie Ihren Arm um meine Schulter.»

Sie gehorcht, und Bienzle faßt sie um die Hüfte. Sie stützt sich schwer auf Bienzles Schulter; es tut noch weh, aber nicht mehr so schlimm. Nur von dem Schnitt in seiner Hand tropft es rot auf ihren Arbeitsmantel. Langsam steigen sie die Kellertreppe hinauf.

«Die scheinen es auf Frauen abgesehen zu haben», brummt Bienzle, aber die Goldschmiedin antwortet nicht.

Im Treppenhaus haben sich alle Hausbewohner versammelt. Ein junger Mann mit einem außerordentlich gepflegten, nach oben gezwirbelten Schnurrbart herrscht Bienzle an:

«Was geht hier vor? Ich verlange eine sofortige Aufklärung!»

Bienzle fällt wieder einmal aus der Rolle: «Halt's Maul, du Hosenscheißer.»

«Ich werde Sie anzeigen!»

«Sie haben ja recht», sagt Bienzle, der sich schnell gefangen hat, «aber wissen Sie, ich bin seit 35 Stunden auf den Beinen, auf der Suche nach einem Mörder, und der spielt mit mir Hase und Igel. Wo ich hinkomme, war er schon. Oder er wartet auf mich. Und auch dann geht's immer um Mord oder doch um Mordversuch . . . Es ist zum Kotzen!» Die Müdigkeit hat ihn nun ganz eingehüllt. Er fühlt, daß seine Augen tief in den Höhlen liegen; seine Knie sind weich, die Arme steif. Er friert, und er hat nur noch einen Gedanken: Ruhe.

«Ruhe!» brüllt er denn auch, als die Leute im Treppenhaus zu schnattern beginnen. Der Befehl wirkt. Jetzt ist nur noch das leise Schluchzen der Frau zu hören.

«Sie sind Frau Korbut, nicht wahr?» fragt Bienzle.

«Ja», sagt sie. Es ist das erste Wort, das sie spricht.

«Ich bin Kriminalkommisar Ernst Bienzle . . . Das beste ist, Sie kommen mit mir, da sind Sie sicher.»

«Der Krankenwagen und die Verstärkung», meldet Gollhofer.

«Der Arzt soll sie schnell untersuchen, und die anderen sollen Spuren sichern», sagt Bienzle.

«Und was ist mit Ihrer Hand?» fragt Gollhofer.

Bienzle sieht an sich hinab, dann mault er: «Meinen rechten Arm kann ich sowieso bald wegschmeißen!»

Aber dann läßt er sich doch einen Verband machen.

In seinem Büro starrt Bienzle auf seine Schreibtischplatte. Eine Fliege, die sich in sein Bierglas verflogen und die er vorsichtig vor dem Ertrinken bewahrt hatte, krabbelt über die Schreibunterlage aus häßlichem graugrünem Gummi. Ihre Flügel sind verklebt, vielleicht haben auch die Beine etwas mitbekommen. Sie strampelt sich ab und macht immer nur kleine feuchte Kreise auf die Unterlage. Bienzle hebt den schmerzenden rechten Arm, um ihr den Gnadentod zu verpassen. Da gelingt es ihr zum erstenmal ein Stück geradeaus zu laufen. Sie erreicht den Rand der Schreibunterlage und kriecht hinab auf die gelbbraune Holzplatte. Zwischen zwei Aktenbündeln bleibt sie sitzen. Ihre Flügel machen hilflose

Versuche, sich vom Körper zu lösen. Bienzle beugt seinen Kopf weit herab und bläst das Tier ganz leise an. Die Fliege wird ein Stück nach vorne geschoben. Dann hockt sie wieder wie gelähmt. Ohne aufzublikken, faßt er nach rechts in seine zweite Schreibtischschublade, ertastet die Lupe und schiebt sie über den winzigen schwarzen Körper. In dem Moment hebt sie ab und schwirrt dicht an seinem rechten Auge vorbei.

«Ein zähes Vieh», sagt Bienzle.

«Wer?» fragt Gächter.

Bienzle antwortet nicht.

Haußmann kommt herein und fragt: «Ob der Breda heute abend kommt? Der hängt doch in der Korbutsache mit drin.»

«Im Gegenteil, der wollte sie warnen», sagt Bienzle.

«Sehr richtig», sagt Gächter, und keiner von beiden macht auch nur eine Andeutung, daß sie das allenfalls vermuten können.

«Die Korbut wird jetzt ins Vernehmungszimmer gebracht», sagt Haußmann.

«Nichts da! Bringt sie zu mir, und laßt einen Kaffee aus der Kantine kommen und einen Cognac.»

Haußmann, eifrig wie immer, ist schon unterwegs.

«Diese Vernehmung noch, dann hau ich mich für ein paar Stunden hin», meint Bienzle.

Gächter grinst. «Das glaub ich erst, wenn ich dich in der Horizontalen sehe.»

Irene Korbut wird hereingebracht.

Bienzle, ungewöhnlich galant, bittet sie, in seinem Stuhl Platz zu nehmen; er selbst setzt sich auf den häßlichen Besucherstuhl. «Wir kriegen gleich Kaffee . . . Haben Sie Hunger?»

Sie schüttelt den Kopf.

«Wer war's?» fragt Bienzle unvermittelt, und Gächter schaltet das Tonbandgerät ein.

«Grüner», sagt sie, und dabei überläuft sie so etwas wie ein Schüttelfrost.

Bienzle ist schlagartig auf den Beinen. Er reißt die Tür auf und brüllt: «Haußmann!»

Der junge Kriminalanwärter, auf dem Weg zur Kantine, macht kehrt und hastet zu Bienzles Zimmer zurück.

«Bitte?» fragt er konsterniert.

«Was weiß man von Max Grüner?» fragt Bienzle.

Da schaltet sich Gächter ruhig ein: «Zum Beispiel, daß er der frühere Inhaber einer der Telefonnummern ist, die du bei Fontana gefunden hast.»

«Und die andere Nummer?»

«Ist die einer Angestellten von Fontana. Wahrscheinlich hat sie mit unserem Fall nichts zu tun.»

«Überprüfen!» sagt Bienzle.

«Zu Befehl!» sagt Gächter.

«Entschuldigung», sagt Bienzle. Alle lächeln. Sogar Frau Korbut verzieht das Gesicht ein wenig.

Haußmann sagt: «Grüner hat in der Alexanderstraße gewohnt. Sein Zimmer ist offensichtlich schon vor ein paar Tagen verlassen worden. Die Wirtin hat die Miete bis Oktober. Wo er hin ist, weiß sie nicht. Eine Anschlußadresse hat er nicht hinterlassen. Sie meint, vielleicht kommt er ja auch wieder.»

«Der kommt nicht wieder. Geben Sie bitte eine Fahndungsmeldung heraus, Herr Haußmann . . . Gibts eine Personenbeschreibung?»

«Etwa 1,70 groß, hellrotes, struppiges Haar, untersetzte Figur, gebrochenes Nasenbein.»

«Alles?»

«Von mir ja. Aber vielleicht kann uns Frau Korbut weiterhelfen», sagt Haußmann.

Die Frau gibt leise Auskunft: «Ich erinnere mich, daß er einen braunen Cordanzug anhatte und einen hellen Nicki . . . Mehr weiß ich nicht.»

«Aber das ist doch schon eine ganze Menge!» lobt Bienzle und gibt Haußmann ein Zeichen. Der bewegt sich Richtung Tür. «Eine Sekretärin soll den Kaffee bringen», sagt Bienzle; «und sorgen Sie bitte dafür, daß Gollhofer die Überwachung – Sie wissen schon – wieder aufnimmt.»

«Alles klar, Herr Kommissar», sagt Haußmann und verschwindet endgültig.

Bienzle wendet sich der Frau zu.

Sie trägt noch immer ihren grauen Arbeitsmantel. Irene Korbut hat eine zierliche Figur. Ihr Gesicht wird durch hohe Backenknochen bestimmt. Zwei kaum merkliche Falten links und rechts des Mundes geben ihr ein strenges Aussehen. Die Augen sind wasserblau und jetzt vom Weinen gerötet. Die schwarzen Haare trägt sie offen und bis zu den Schultern herab. Bienzle schätzt sie auf etwa 30 Jahre.

«Nun zu Ihnen, Frau Korbut», sagt Bienzle. «Ich will Ihnen sagen, was wir wissen – vielleicht können Sie uns dann etwas von dem verraten, was wir noch nicht wissen . . . Also: Sie haben in Ihrer Werkstatt nicht nur Schmuck hergestellt, Sie haben auch gestohlenen Schmuck so präpariert, daß er nicht wiederzuerkennen war. Nehmen wir mal an, Sie wußten gar nicht so genau, wo die Aufträge, die Ihr geschiedener Mann brachte, herkamen und wo der veränderte Schmuck hinging . . . Ich interessiere mich nicht besonders für diese Art Beihilfe, solange es nicht Beihilfe zum Mord ist.»

Frau Korbut beginnt wieder zu zittern.

«Auftraggeber, das wissen wir, war der ermordete Knut Jarosewitch, Abnehmer waren Hehler in weit entfernten deutschen oder ausländischen Städten. Das Geschäft hat jahrelang floriert. Aber in den letzten Wochen ist eine Veränderung eingetreten. Können Sie uns etwas dazu sagen?»

«Ich weiß tatsächlich nicht viel darüber. Geza hat mir die Schmuckstücke gebracht und die fertige Ware abgeholt. Er hat mir auch das Geld dafür gebracht. Ich wurde nicht nach Stunden oder Stückzahl bezahlt, sondern bekam jeweils eine runde Summe.»

«Zum Beispiel?»

«Zweitausendfünfhundert Mark für einen Posten.»

«Und wie lange haben Sie daran gearbeitet?»

«Unterschiedlich. Selten länger als vier Wochen.»

«Und wie oft kam eine solche Sendung?»

«Auch das war unterschiedlich. Aber im Durchschnitt, würde ich sagen, alle zwei Monate.»

«Wie würden Sie den Schmuck beschreiben, der in der Regel bei Ihnen zu bearbeiten war?»

«Als Familienschmuck . . . Mir ist ziemlich klar, daß es sich meistens um Beute aus Einbrüchen bei gutbetuchten Leuten gehandelt haben muß.»

«Also keine Ware aus Juweliergeschäften?»

«Nein, es war niemals sortierte Ware. Das hätte das Umarbeiten auch erschwert.»

«Und Ihr geschiedener Mann holte das Zeug dann ab. Wissen Sie, wo es hinkam?»

«Nein, ich habe keine Ahnung. Es gehörte wohl zum Geschäftsprinzip, daß jeder Beteiligte nur so viel weiß, wie gerade notwendig ist. Und die Bezahlung war immer so, daß man sich damit gern zufrieden gab.»

«Und wie war es nun in den letzten Wochen?»

«Seit etwa einem Monat hörte ich nichts von Geza.»

«Nun, das war ja wohl nicht ungewöhnlich – Sie sagen ja, daß manchmal zwei Monate zwischen den Lieferungen lagen.»

«Ja, schon. Aber daß ich von Geza nichts hörte, war ungewöhnlich.»

«Also er hat Sie auch sonst regelmäßig besucht?»

«Ja; er kam jede Woche mindestens einmal. Wir sind zusammen essen gegangen oder ins Kino oder so. Wir haben uns auch nach der Scheidung gut vertragen.»

«Und woher kennen Sie Grüner?»

«Geza hat ihn zweimal mitgebracht und als seinen Bekannten vorgestellt. Er war immer mal wieder bemüht, mich mit Leuten zusammenzubringen, weil er hoffte, ich würde mich wieder jemand anschließen.»

«Also hatte er Sie wegen einer anderen Frau verlassen?»

«Ja.»

«Und wie war das mit Grüner?»

«Er war mir auf Anhieb unsympathisch. Ich bat Geza, ihn nicht mehr mitzubringen.»

«Aber er kam dann doch noch einmal mit?»

«Ja. Sie besuchten mich vor vielleicht fünf Wochen in meiner Boutique. Geza sagte, Grüner wolle sich mal meinen Laden ansehen und vielleicht etwas kaufen. Er hat dann tatsächlich ein Armband mitgenommen.»

«Hm, hm . . . Und woher kennen Sie Breda?»

«Wer ist das?»

«Ein Mann, von dem wir annehmen müssen, daß er Sie heute nachmittag warnen wollte.»

«Ich kenne keinen Mann namens Breda.»

«Sein Vorname ist Antonio. Er arbeitet in der Pizzeria Fontana als Kellner.»

«Ja, den Kellner von dort kenne ich. Wir haben uns ein paarmal unterhalten.»

«Hat er Ihnen den Hof gemacht?»

«Ich glaube nicht. Ich hätte es gemerkt, weil er mir eigentlich ganz gut gefällt.» Zum erstenmal lächelt Irene Korbut richtig.

Bienzle pirscht sich langsam an das eigentliche Ziel seiner Befragung heran: «Können Sie sich vorstellen, was Grüner von Ihnen wollte?»

«Ich denke, er wollte mit mir schlafen.»

Gächter, der wie immer völlig unbeteiligt dasitzt, hebt den Kopf und fixiert Irene Korbut. «Auf ein Sexualdelikt läßt doch wohl nichts schließen.»

Auch Bienzle schüttelt den Kopf. «Grüner hatte einen Auftrag, und ich denke, der lautete nicht, Sie zu vergewaltigen.» Die Frau zuckt die Achseln.

Bienzle sagt: «Sie verbergen uns etwas.»

Irene Korbut beginnt wieder zu zittern. «Er hat Schmuck gesucht. Er hat ja meine ganze Werkstatt auseinandergenommen, ehe er . . . Ehe er . . .» Sie fängt wieder an zu weinen.

«Wo bleibt bloß wieder der Kaffee?» schimpft Bienzle. «Diese bürokratischen Arschlöcher . . . Bitte entschuldigen Sie.»

Irene Korbut macht eine gleichgültige Handbewegung.

Gächter richtet sich in seinem Holzdrehstuhl auf und setzt zu einer längeren Rede an: «Wir müssen annehmen, daß die Männer hinter Grüner genau wußten, daß Sie von Jarosewitch einen großen Posten Schmuck in Auftrag hatten, der diesen Leuten verheimlicht worden war. Grüner hat danach gesucht, und . . .»

Ein Mädchen kommt mit einem Tablett herein.

Bienzle sagt: «Na endlich! Das hat aber wieder mal gedauert.»

«Ich bin hier nicht als Kaffeeholerin engagiert», gibt die Sekretärin zurück.

«Engagiert! Wenn ich das schon höre . . . Sie sind hier auch nicht beim Theater.»

«Puh!» macht das Mädchen und dreht sich auf dem Absatz um.

Gächter erhebt sich, geht an ihr vorbei zur Tür und öffnet sie galant. «Lassen Sie es mich wissen, wenn ich Ihnen den Kaffee einmal servieren darf», sagt er mit einer kleinen Verbeugung.

Das Mädchen bleibt völlig perplex stehen.

Bienzle sagt: «Nun aber raus! Ihre Szene bei der Klärung dieses Mordfalls ist abgedreht.»

«Puh!» macht sie noch einmal und rauscht aus dem Zimmer.

Gächter schenkt Kaffee ein und sagt zu Frau Korbut: «Es ist besser, wenn Sie uns alles sagen; Ihr Exgatte hat sich auch an diese Regel gehalten.»

«Ist er . . .?»

«Derzeit in unsrem Gewahrsam», sagt Bienzle.

«Ich . . . Ich kann Ihnen beim besten Willen nicht mehr sagen.»

«Wie gut kennen Sie Herrn Fontana?» fragt Bienzle.

«Gibt es jemand, der so heißt? Das ist doch das Lokal, von dem wir gerade gesprochen haben.»

«Es gibt einen Herrn dieses Namens», sagt Bienzle.

Gächter fragt: «Und wie ist es mit Frau Jarosewitch?»

«Sie war zweimal bei mir und hat sich etwas gekauft.»

«Wann war das?» fragt Bienzle.

«Auch so etwa vor fünf oder sechs Wochen.»

«Beide Male?»

«Ja, sie kam kurz hintereinander. Ich denke, es waren so drei Tage dazwischen.»

«Und Sie haben sich nicht gewundert, daß Frau Jarosewitch, die doch in Schmuck schwimmen kann, zu Ihnen zum Einkaufen kam?»

«Was ich mache, wird bei Jarosewitch nicht geführt.»

Gächter macht sich eine Notiz und sagt dann: «Um unsere Liste vollends abzuhaken: Kennen Sie Frau Jarosewitchs Bruder . . .?»

Sie schüttelt den Kopf.

«. . . Herrn Dr. Lothar Bäuerle?»

Irene Korbut zuckt zusammen. Über ihr Gesicht läuft eine rote und gleich darauf eine kalkweiße Welle; sie zieht ihre Arme wie schützend vor die Brust und starrt die beiden Kriminalbeamten aus großen Augen an. *Volltreffer!* schreibt Gächter auf seinen Schreibblock, malt dann einen Pfeil nach oben und schreibt über die Pfeilspitze *Rechtsanwalt Bäuerle.* Dann zieht er einen zweiten Pfeil nach rechts und schreibt *Irene Korbut*; ein dritter Pfeil zeigt schließlich nach links zu *Hedwig Jarosewitch.*

Bienzle mustert noch immer Irene Korbut. «Sie kennen ihn», stellt er fest.

«Nein.» Zaghaft und trotzig zugleich.

«O du liabs Herrgöttle vo Biberach!»

«Ich sag nichts mehr», sagt Frau Korbut, «und ich will einen Rechtsanwalt.»

«Wäre Ihnen der Herr Bäuerle recht?» fragt Bienzle.

Irene Korbut schweigt.

«Wie ich höre, versteht sich Herr Bäuerle mehr auf Scheidungssachen.»

Irene Korbut schweigt.

«Vielleicht hat er bei Ihrer Scheidung mitgewirkt», sagt Gächter.

Sie schüttelt nur den Kopf, aber ihre Lippen bleiben geschlossen.

«Wir werden das alles herausfinden», sagt Bienzle müde.

Das Gewitter hat kaum Abkühlung gebracht. Die Sonne bricht wieder durch und gibt ein unangenehm gleißendes weißes Licht.

Bienzle ordnet an, daß Geza Korbut noch einmal vorgeführt wird. Einstweilen trinken er, Gächter und Irene Korbut schweigend ihren Kaffee.

Ein Registraturbeamter bringt einen Stapel Fotokopien herein. Bienzle will das Papier achtlos zu den anderen Akten und Unterlagen schieben, dann merkt er, daß es sich um Angaben zur Person Grüners handelt. Wie zu sich selbst zitiert er:

«Sechsmal vorbestraft, Körperverletzung, Raubüberfall, wieder Körperverletzung, Diebstahl, Fahren ohne Führerschein und wieder Körperverletzung . . . Ein rauher Bursche!» Er greift zum Telefon und wählt die erkennungsdienstliche Abteilung.

«Bienzle hier . . . Sind schon Fingerabdrücke aus der Wohnung der Korbut da?» Und nach einer Weile: «Gut, schaut euch mal zum Vergleich die Prints eines Max Grüner, alias Anton Heinrich, alias Maximilian Führer an . . . Ich hab hier Kopien; im Archiv müssen die Originale oder doch bessere Kopien sein.»

Irene Korbut bewegt sich in Bienzles Bürosessel. «Ich will einen Anwalt.»

«Sie können mein Telefon benutzen.»

Sie rührt sich nicht.

Geza Korbut wird gebracht.

«Sie haben sich als äußerst kooperativ erwiesen», sagt Bienzle freundlich; «wir brauchen noch mal Ihre Hilfe.»

«Bitte», sagt Korbut und setzt sich auf den Schreibtischrand; dabei fährt er mit der Hand leicht über das Haar seiner geschiedenen Frau und sagt: «Tut mir leid.»

Sie schüttelt unwillig den Kopf.

Gächter fragt: «Können Sie sich vorstellen, wo wir vielleicht Max Grüner auftreiben könnten?»

Korbut zuckt die Achseln.

«Er hat versucht, Ihre frühere Frau zu ermorden», sagt Bienzle.

«Klingt wie eine Finte.»

«Es ist wahr», sagt Irene Korbut.

«Dieses Schwein!» Korbut haut auf Bienzles Schreibtisch. «Warum hat er das getan?»

Bienzle kratzt sich am Kopf. «Das wissen wir ja gerade nicht. Er ist ziemlich heftig mit Ihrer ... mit Frau Korbut umgesprungen; er hat die Werkstatt auseinandergenommen, den Gashahn aufgedreht, die elektrische Leitung präpariert – und dann muß ich ihm irgendwie dazwischengekommen sein ... Offensichtlich hat er sich im Keller versteckt, während ich die Tür aufbrach. Er hat mich mit eingesperrt und versucht, den Raum in die Luft zu jagen.»

«Das kann doch nicht ...» Korbut schüttelt ungläubig den Kopf.

Gächter läßt ihn nicht weiterreden. «Vor ein paar Wochen hat Grüner Sie gebeten, ihn zu Ihrer Exfrau mitzunehmen. Er gab vor, Schmuck kaufen zu wollen.»

«Hat er ja auch getan.»

«Ja, das wissen wir. Aber wir denken uns, daß dies nicht der eigentliche Grund seines Besuchs war. Wir nehmen an, daß Grüner etwas ausbaldovern wollte.»

«Und wir haben Grund zu der Annahme», ergänzt Bienzle, «daß auch Frau Jarosewitch aus ähnlichen Motiven in der Schmuckboutique aufgetaucht ist, und zwar gleich zweimal hintereinander.»

«Das verstehe ich alles nicht ...»

«Wir ja auch nicht; wir sind lediglich auf Spekulationen angewiesen», brummt Bienzle.

«Und dann ist da noch etwas», sagt Gächter; «es scheint so, als ob es eine Verbindung zwischen Frau Korbut und Herrn Dr. Bäuerle gibt, über die sich Ihre Frau ausschweigt – Ihre ehemalige Frau, meine ich ...»

Korbut schaut auf Irene hinab; ganz offensichtlich überrascht ihn die letzte Eröffnung. «Was ist damit?» fragt er.

«Ich sage nichts mehr», sagt sie.

«Aber damit machst du dich doch nur verdächtig!»

«Kann schon sein ...» Sie wendet sich ab.

Bienzle schwitzt. Er geht im Zimmer auf und ab und beobachtet das einstige Ehepaar. Vor solchen Momenten fürchtet er sich. Er ist an einem toten Punkt angelangt und weiß nicht, wie er weitermachen soll. Bäuerle, der Biedermann, steckt irgendwie mit drin, aber bevor er es nicht beweisen kann, kommt er dem nicht bei, das ist klar. Und warum – wenn Bäuerle dazugehört – wurde er dann von Breda überwacht? Was hat der Rechtsanwalt in Jarosewitchs Büro gesucht? Worauf waren Frau Jarosewitch und Grüner aus bei ihren Besuchen in der Degerlocher Goldschmiedewerkstatt?

Dieser Fall besteht nur aus Rätseln. Und Bienzle mag solche Fälle nicht. Normalerweise hat er es mit Morden zu tun, die nicht in dieser gesellschaftlichen Schicht angesiedelt sind. Sein tägliches Brot sind erschlagene Nutten oder erschossene Zuhälter; Gastarbeiter, die aus Eifersucht die Nerven verlieren und mit dem Messer aufeinander losgehen. Morde passieren vor allem da, wo es den Menschen schlechtgeht. Unter den reichen Leuten gibt es meistens andere Mittel und Wege, Probleme zu bewältigen ... Das ist es, was ihn so verrückt macht: Nichts an diesem Verbrechen hat Analogien in seiner bisherigen Ermittlungspraxis.

«Scheiße», sagt er laut, «Affenscheiße!», und diesmal entschuldigt er sich noch nicht einmal für seine Fäkalausrutscher. Gächter kennt seinen Kommissar und weiß, was in ihm vorgeht. Es ist Bienzle anzusehen, wie überreizt er ist und daß er jeden Moment einen seiner cholerischen Anfälle bekommen kann, in denen er manchmal alles kaputtmacht, was er zuvor in mühevoller Ermittlungsarbeit aufgebaut hat.

Gächter geht deshalb kurz aus dem Zimmer und schickt die Sekretärin zur Kantine, nicht ohne genau zu erklären, daß es im Moment leider nicht anders gehe. Als er zurückkommt, sagt Bienzle gerade zu der Korbut:

«Sie müssen doch einsehen, daß wir Ihnen helfen wollen! Sie haben doch am eigenen Leib erlebt, wozu diese Gangster fähig sind. Ehe wir den Verein nicht lahmlegen können, sind Sie auch nicht außer Gefahr.»

Irene Korbut schaut Bienzle an, und der Kommissar sieht, daß es nicht mehr nötig ist, ihr Angst einzujagen. Er wendet sich an Geza Korbut: «Da ist noch eine Frage ungeklärt: Woher wußten die Drahtzieher, daß Fräulein Schmiedinger aussagen wollte?»

Korbut zuckt wieder die Achseln und sieht dabei aus dem Fenster.

Und da ist es soweit: «Hören Sie gefälligst auf, den Deppen zu spielen!» brüllt Bienzle los. «Sie und ich waren die einzigen, die davon wußten, und ich habe den Mörder nicht bestellt ... Entweder Sie packen jetzt aus, oder es passiert was, was nachher nicht wieder gutzumachen ist – ich bin auch nur ein Mensch ... Denken Sie, ich laß mich von Ihnen zum Grasdackel machen, Sie lächerlicher Hinterhofganove? Den Mordversuch trau ich Ihnen gar nicht zu. Aber Sie hängen mit drin, und Beihilfe zum Mord ist auch nicht viel besser als Mord ... Mit mir kann man doch nicht Hugoles spiele wie mit einem Lausbuaba, was glaubet Sia eigentlich, Sie dahergelaufener Scheraschleifer?»

Das Mädchen kommt mit einem Teller voller belegter Brötchen herein und läßt ihn beinahe fallen vor Schreck. Gott sei Dank, denkt Gächter, gerade noch rechtzeitig . . . Die Sekretärin stellt die Brötchen wortlos auf den Schreibtisch und ergreift die Flucht.

Bienzle greift automatisch zu einem Leberkäsbrötchen, das er aus der Mitte herauszieht, so daß der schöne Brötchenberg zusammenrutscht. Er beißt wütend hinein.

Gächter atmet auf – Leberkäs beruhigt. Zumindest Bienzle. Und tatsächlich deutet Bienzle fast freundlich auffordernd auf den Teller. Die beiden Korbuts greifen zu, und Gächter sagt:

«Herr Korbut, niemand behauptet, daß Sie bewußt einen Tip gegeben haben. Mag ja sein, daß Sie gesprächsweise irgendwo fallen ließen, Fräulein Schmiedinger habe das und jenes gesagt. Wir wollen ja nur, daß Sie sich erinnern.»

Korbut ist sehr nachdenklich geworden. «Sie glauben, daß Grüner auch auf Hannelore . . . auf Fräulein Schmiedinger geschossen hat?»

Bienzle ärgert sich, daß Korbut das Mädchen beim Vornamen nennt.

«Wir können es nicht ausschließen», sagt Gächter diplomatisch.

«Ich habe aber Grüner seit mindestens einer Woche nicht gesehen.»

«Und wo haben Sie ihn zuletzt gesehen?»

«Im Fontana. Ich glaube, er hat was mit einem Mädchen aus der Küche.»

«Und haben Sie vielleicht nicht gestern im Laufe des Tages mit irgend jemand in der Pizzeria gesprochen?»

«Nein. Ich war nicht dort gestern; das können Sie nachprüfen.»

«Ich glaub's Ihnen», sagt Gächter. «Und mit wem haben Sie gestern telefoniert?»

Korbuts Kopf fährt zu dem Kriminalmeister herum. Gächter schaut uninteressiert auf seine Schreibunterlage und unterstreicht das Wort *Volltreffer*, das da noch steht. Wie unbeabsichtigt fährt er die Pfeile nach, bei dem Namen *Bäuerle* bleibt die Bleistiftspitze einen Moment stehen. Dann fährt sie weiter, macht kurze Station bei *Irene Korbut* und gelangt schließlich zu *Hedwig Jarosewitch*. «Hedwig Jarosewitch . . .» sagt Gächter leise vor sich hin.

Korbut starrt ihn an. Bienzle vergißt zuzubeißen.

Langsam hebt Gächter seine gleichgültigen Augen und sagt in seinem schleppenden Tonfall: «Wenn Sie sich erst einmal daran gewöhnt haben, daß wir mehr wissen, als wir sagen, wird das alles ganz anders laufen.»

Gar nichts weiß er, dieses Schlitzohr! denkt Bienzle und grinst innerlich.

«Wenn Sie das Telefon abgehört haben, warum quetschen Sie mich dann noch aus?» Korbut ist irritiert.

«Wir wollten's gern von Ihnen hören», sagt Gächter und malt einen Pfeil von *Hedwig Jarosewitch* nach unten, dann schreibt er *Geza Korbut* unter die Pfeilspitze.

«Wann ...» Bienzle zögert ein wenig; «... hat das Gespräch stattgefunden?»

«Kurz nach elf ... Verdammt!» Korbut merkt, daß er zu spät geschaltet hat. Jetzt hat er den Anruf zugegeben ... Daß Bienzle vermieden hat, sich auf ‹haben Sie angerufen› oder ‹wurden Sie angerufen› festzulegen, entgeht ihm einstweilen. «Sie haben mich reingelegt.»

«Quatsch», sagt Bienzle; «wir wären sowieso dahintergekommen ... Also Sie haben kurz nach elf Frau Jarosewitch angerufen?»

«Sie haben mich reingelegt», wiederholt Korbut zornig. «Gar nichts haben Sie gewußt: Frau Jarosewitch hat ja *mich* angerufen.»

«Na, da sind wir doch ein ganzes Stück weitergekommen», grinst Bienzle. «Sie würden uns sehr helfen, wenn Sie uns den Gesprächsverlauf möglichst genau wiedergeben könnten.»

Korbut gibt sich einen Ruck. «Gut», sagt er, «ich sitze ja jetzt sowieso bis zur Halskrause mit drin ... Sie rief mich an, fragte ein paar belanglose Dinge und erzählte so ganz nebenbei, daß die Polizei bei ihr gewesen sei. Dann fragte sie mich, ob wir auch schon Besuch von der Kripo gehabt hätten, und ich habe das bestätigt.»

«Was heißt denn bestätigt?» unterbricht Bienzle. «Ich möchte den Wortlaut haben.»

Trotzig sagt Korbut: «Ich hab gesagt, da war so ein Bulle mit Bauchansatz da.»

Gächter muß sich grinsend abwenden. Bienzle sagt liebenswürdig: «Ja, und weiter?»

«Der hat mich und Hannelore vernommen, sag ich zu Frau Jarosewitch. Und sie fragt, ob wir irgendeine hilfreiche Aussage machen konnten. Und ich sage, jeder weiß doch, daß hier manches krumm lief, und die Bullen wissen das sicher auch, aber ich hab natürlich kein Wort darüber gesagt, bloß der Hannelore ist was rausgerutscht, aber ich bin dazwischengegangen. Und da sagt Frau Jarosewitch, die Bullen werden ja wohl weiterbohren, und ob ich denn glaube, daß Fräulein Schmiedinger redselig sei. Und da sag ich, die ist wie ein offenes Buch, da braucht keiner Daumenschrauben oder so was . . . Ja, das war alles.»

Bienzle starrt den kleinen schwarzhaarigen Mann an. Es ist unerträglich still im Zimmer. Plötzlich springt Bienzle auf und sagt zu Gächter:

«Sagtest du nicht vorhin, eine der Nummern, die ich mir bei dem Italiener notiert habe, gehört zum Anschluß einer Angestellten?»

«Stimmt.»

«Und Korbut sagt, Grüner hat was mit einem Mädchen aus der Küche der Pizzeria . . .»

Gächter schlägt sich mit der flachen Hand vor die Stirn.

«Habt ihr die Adresse des Mädchens?»

«Ja. Sie wohnt im ‹Hannibal›.»

«Glaubst du, daß ein Küchenmädchen sich in diesem Nobelsilo ein Appartement leisten kann?»

«Du hast ja recht . . .» Gächter steht langsam auf. «Ich kümmere mich drum.»

«Wir fahren gemeinsam», sagt Bienzle; «ein zweitesmal begibt sich kein Beamter allein in die Nähe dieses Herrn Grüner.»

Dann, zu den Korbuts: «Und Sie möchte ich bitten, noch ein paar Stunden unsere Gäste zu sein.»

Geza Korbut knurrt: «Solche Höflichkeiten können Sie sich sparen – schließlich haben Sie ja inzwischen einen Haftbefehl gegen mich.»

«Stimmt, Sie können nicht weg. Aber Sie, Frau Korbut, könnten . . . Darf ich Sie bitten, trotzdem noch etwas Geduld zu haben?»

«Ich bleibe noch, solange ich's hier aushalte», sagt Irene Korbut.

Es ist kurz nach fünf. Bienzle und Gächter schwitzen in ihrem schwarzen Dienstmercedes. Der Feierabendverkehr in Stuttgarts Kessel knäult sich zusammen. Nur mühsam ruckt das Auto am Staatstheater vorbei, Richtung Weinsteige.

«Erinnerst du dich an den Großeinsatz im Hannibal?» fragt Bienzle.

«Jeder Polizist erinnert sich an diese Blamage.» Gächter läßt den Wagen fünf Meter weiter rollen.

«Ich hab damals gedacht, jetzt hör ich auf und geh zur Wach- und Schließgesellschaft», erinnert sich Bienzle.

«Aber du warst doch gar nicht dabei.»

«Das hat doch jeden betroffen. Nachts große Lage beim Landeskriminalamt, präzis ausgearbeitete Einsatzpläne. Dann schlagen wir in drei Einsatzgruppen zu. Die Spezialisten vom Mobilen Einsatzkommando stürmen zwei leere Wohnungen, und ein paar von unseren Stuttgarter Beamten sollen den hochverdächtigen Schotten . . .»

«McLeod . . .»

«Richtig . . . sollen ihn festnehmen – irgendwo in einem dieser Appartements in diesen Riesenschuppen.»

«Du mußt die allgemeine Hysterie dazurechnen», sagt Gächter.

«Ja, schon; aber mir ist es noch immer unerklärlich, wie man mit einer Maschinenpistole auf einen nackten Mann schießen kann.»

«Übrigens, hochverdächtig war er nicht», korrigiert Gächter; «er hatte nur zufällig mal in einer Wohnung gewohnt, die später ein paar Baader-Meinhof-Leute angemietet haben.»

«Zum Kotzen», sagt Bienzle; «als obs keine einfacheren Methoden gäbe, einen solchen Mann festzunehmen. Da stürmen die im Morgengrauen mit einer ganzen Armee ein Appartement . . . Sieh zu, daß du weiterfährst – es ist grün.»

Gächter gibt Gas. «Auf jeden Fall ist der Grüner gefährlicher als der McLeod . . .»

Sie schwiegen eine Weile. Dann fragt Gächter:

«Kennst du eigentlich die Asemwaldhäuser?»

«Den Hannibal? – Drei Riesenhochhäuser mit insgesamt fünftausend Bewohnern. Alles Eigentumswohnungen. Herrliche Lage im Wald mit Blick auf den Flughafen und die Schwäbische Alb. Häßlich, grau, massig.»

«Ich weiß nicht – man soll da fürstlich wohnen.»

«Korridore wie Straßen, Aufzüge wie Eisenbahnen, organisierte Anonymität auf engstem Raum», murrt Bienzle. «Also für mich wär das nichts.»

Sie haben jetzt die Obere Weinsteige erreicht. Unter ihnen liegt Stuttgart. Eine schöne Stadt. Zwischen Hügel hingekuschelt und überdeckt von einer bleischweren schwarzgrauen Glocke aus Staub und Gas.

«Weißt du was», sagt Bienzle, «ich fühle mich, wie die Stadt da unten aussieht; so als ob ich gleich ersticken und zerfließen müßte.»

«Ideale Voraussetzungen für eine schwierige Verhaftungsaktion.»

«Du tust gerade so, als ob wir den Grüner da oben antreffen würden.»

«Auch ein Bulle hat manchmal Glück.»

«Bisher hält sich's in Grenzen.»

«Du bist undankbar», sagt Gächter; «wir wissen schon unheimlich viel.»

«Ja, ja, wir wissen alles – nur nicht, wer der Mörder ist und warum er morden mußte.» Bienzle stellt seine Rückenlehne zurück. «Ich schlaf mal fünf Minuten.» Er schließt die Augen.

Sekunden später schnarcht er gleichmäßig. Gächter fährt sehr behutsam. Stoppt vorsichtig und startet weich. Immer wieder blickt er zu Bienzle hinüber, und dabei hat er ein seltsames Gefühl. Zuneigung nennt man so etwas wohl. Er mag ihn, diesen Raubauz, der sich immer so schrecklich bemüht, ja niemandem Unrecht zu tun, der in einem Atemzug Leute beschimpfen und sich dafür entschuldigen kann, der immer von sich denkt, er mache alles unvollkommen, und der doch einer der leistungsfähigsten Polizisten ist.

Drei Kilometer Schnellstraße, dann am Hotel Stuttgart International links ab, vorbei an den Kelley-Barracks, der amerikanischen Kaserne, und über einen Feldweg mit dem Schild DURCHFAHRT VERBOTEN direkt auf den Riesenparkplatz zwischen den drei Hochhäusern. Sieht aus, wie wenn man beim Monopolyspiel auf einer Straße zu viele Häuser hat, denkt Gächter und stellt den Motor ab. Bienzle raunzt und versucht sich herumzudrehen. Seine Schulter schmerzt.

«Wir sind da», sagt Gächter.

«Schade. Von mir aus hättest du bis Zürich fahren können . . .» Er quält sich aus dem Auto.

«Hast du wenigstens eine Pistole mit?» fragt Gächter.

«Ja, ausnahmsweise. Glaub ja nicht, daß ich den Typ unterschätze.»

Die beiden Polizisten suchen das Haus römisch eins, Block A, Aufgang drei und nehmen den Aufzug zum 15. Stock.

«Wie heißt denn die Puppe?» fragt Bienzle.

«Rosemie Stern.»

«Klingt fast wie ein Künstlername.»

Der Fahrstuhl hält. Sie steigen aus.

«Nervös?» fragt Gächter.

«Du etwa nicht?»

«Nein.»

Bienzle bleibt stehen und schaut den andern an. «Na hör mal . . . So kaltblütig bist du doch nicht!»

«Nicht kaltblütig. Gleichmütig, vielleicht auch gleichgültig . . . Mich regt das nicht auf. Ich hab sogar Mühe, dem allem einen Sinn abzugewinnen.»

«Laß gut sein», sagt Bienzle; «philosophieren können wir heute abend beim Bier.» Er hat das Appartement gefunden. Er klingelt und hält seine Hand auf das Guckloch.

Rosemie Stern öffnet – eine sehr blonde, sehr hochbusige Frau in einem sehr kurzen Hauskleidchen. Die Füße stecken in hochhackigen Fellpantoffeln.

«Ja, bitte?» sagt sie.

Bienzle läßt sich auf gar nichts ein. Er tritt kräftig mit dem Fuß gegen die Tür und steht auch schon im Zimmer. Gächter drängt nach und schiebt die Frau, die einen spitzen empörten Schrei ausstößt, zur Seite.

Max Grüner sitzt bequem in einem braunledernen Long Chair und sieht sich die Sechs-Uhr-Nachrichten im Fernsehen an. Er ist völlig überrascht, als er in die Mündung von Gächters Pistole schaut. Bienzle – beide Hände in den Taschen – steht vor ihm und sagt sehr förmlich:

«Hauptkommissar Bienzle; ich möchte Sie bitten, mitzukommen.»

«Haben Sie einen Haftbefehl?» Grüner stemmt sich aus dem Sessel hoch.

«Den bekomme ich schon, wenn ich . . .»

Weiter kommt Bienzle nicht. Grüner hat sich von seinem Sessel abgestoßen und wirft sich mit voller Wucht gegen den Kommissar. Gächter kann nicht schießen, weil Bienzle genau zwischen ihm und dem Angreifer steht. Bienzle wird von dem Anprall umgeworfen und fällt mit einem Schrei auf die angeschlagene Schulter.

«Was wollt ihr denn von ihm?» kreischt Rosemie Stern und wirft sich auf Gächter; sie fährt ihm mit den langen roten Fingernägeln durch das Gesicht.

Gächter schlägt bedenkenlos zu, zweimal links und zweimal rechts in das Gesicht der schreienden Frau, und er hat noch Zeit, Grüner, der über Bienzle hinweggesprungen ist und nun in Richtung Tür hastet, ein Bein zu stellen. Grüner landet auf dem Bauch, und ehe er wieder hochkommt, sagt Gächter kalt und sehr leise:

«Noch eine Bewegung, und du hast ein Loch im Kopf.»

Bienzle krabbelt sich mühsam hoch und runzelt die Stirn. Er kann es nicht leiden, wenn ein Polizist Festgenommene duzt.

Langsam steht Grüner auf. Seine Freundin sitzt auf dem geräumigen Bett und heult. Der Widerstand ist gebrochen. Zwei Paar Handschellen klicken. Zu viert verlassen sie das teure Appartement, ohne daß auch nur ein Nachbar davon Notiz nehmen würde.

Auf dem Weg zurück zur Stadt begegnen dem Polizeiwagen mit Bienzle, Gächter, Grüner und Rosemie Stern zwei Autos, in denen Bienzle die Kollegen von der Spurensicherung erkennt. Er hatte sie noch vom Hannibal-Appartement aus angerufen.

«Darf man erfahren, warum Sie mich festgenommen haben?» fragt Grüner nach einer Weile bissig.

Bienzle dreht sich langsam nach ihm um und sieht ihm voll ins Gesicht. «Mit dem Verhör hat es eigentlich noch etwas Zeit, aber ich kann Ihnen schon jetzt sagen, daß Sie hinreichend verdächtig sind, einen Mordanschlag auf Frau Korbut versucht zu haben, wobei Sie mich beinahe noch mit erledigt hätten.»

«Und Sie meinen, Sie können das beweisen?»

«Was ich nicht verstehe», sagt Bienzle, ohne auf die Frage einzugehen: «Warum haben Sie sich nicht aus dem Staub gemacht – zum Beispiel nach Frankfurt, wo Leute wie Sie ja häufiger anzutreffen sind?»

Grüner schaut ihn böse an. «Wenn man nichts verbrochen hat, braucht man sich auch nicht zu verstecken.»

«Wissen Sie», sagt Bienzle fast resignierend, «bei diesem seltsamen Mordfall hab ich's mit so vielen Leuten zu tun, die für mich fremd sind, an die ich nicht rankomme, die ich nicht verstehe, geschweige denn durchschaue . . . Bei Ihnen ist das anders. Leute wie Sie gehören nun mal zu meinen ständigen Kunden. Sie und ich – wir sind Profis. Wir werden zwar unser Spielchen miteinander machen, nach den alten Regeln; aber im Grund wissen wir beide schon, wie es am Ende ausgehen wird. Sie sind ein gewerbsmäßiger Verbrecher, und ich bin von Beruf Verbrechensbekämpfer. Beinahe eine Art Partnerschaft . . . Lassen Sie mich also ein Angebot machen: Erzählen Sie mir, wer Sie beauftragt hat und warum, und ich halte dafür die Verhöre so kurz und angenehm wie möglich. Außerdem könnte ich ein paar Takte mit dem Staatsanwalt reden.»

«Ich habe nichts zu sagen.» Grüner schaut aus dem Fenster.

«An dem, was Sie uns sagen können, sind offensichtlich nicht nur wir interessiert», wirft Gächter in seinem schleppenden Tonfall ein.

«Was war das?» fragt Bienzle.

«Wir werden schon seit dem Hannibal verfolgt», sagt Gächter mit einem Blick in den Rückspiegel.

«O du liabs Herrgöttle . . . Daran hätten wir denken sollen! Natürlich wollen die ihn hindern, auszusagen.»

Es ist kurz vor sieben. Die Straßen sind nicht mehr sehr voll. Gächter kann zügig fahren. Den Ortseingang Degerloch haben sie schon passiert. Jetzt fahren sie in die Obere Weinsteige ein.

«Es gibt verschiedene Möglichkeiten», sagt Gächter. «Entweder sie überholen uns unterwegs und versuchen ihn zu erschießen, oder sie haben sich einen Trick ausgedacht, wie sie uns stoppen können.»

«Hier? Auf offener Straße?»

«Ich habe kein gutes Gefühl.» Gächter beschleunigt.

Bienzle quält sich aus dem Beifahrersitz, dreht sich um, kniet nun mit Blick nach hinten, die Arme auf der Lehne verschränkt.

«Der Porsche?» fragt er.

«Ja.»

«Heilig's Blechle», murmelt Bienzle, «man könnt meine, mr wäret in Chicago . . .»

Gächter sagt: «Herr Grüner, wir könnten jetzt halten und Sie aussteigen lassen. Damit würden wir uns viel Arbeit ersparen. Der Öffentlichkeit könnten wir sagen, die Leiche auf der Weinsteige ist der Mann, der Jarosewitch umgebracht, Hannelore Schmiedinger angeschossen und Frau Korbut überfallen hat. Der Fall ist gelöst . . . Wir bekommen ein Sonderlob, die Bevölkerung kann ruhig schlafen, und der Staat spart einen teuren Prozeß . . .»

Bienzle hat Mühe, sich im Zaum zu halten und nicht herumzufahren, um Gächter für diesen grandiosen Unsinn zur Rechenschaft zu ziehen. Aber da sieht er, wie sich Grüners Körperhaltung versteift, wie er schmale Augen bekommt und unruhig mit den gefesselten Händen spielt.

«Alles Tricks», sagt er mit unsicherer Stimme.

Und Gächter sagt: «Wir sind nun mal Bullen. Wenn Sie mir nicht glauben, drehen Sie sich doch um.»

Er beobachtet im Rückspiegel, wie Grüner eine langsame Körperdrehung macht, den Hals reckt und über die eigene Schulter schaut. Gächter verlangsamt sein Tempo. Ein grüner Porsche ist nur wenige Meter hinter ihnen. Bienzle kniet noch immer auf seinem Sitz.

Gächter sieht links vor sich in der Mitte der Straße zwischen zwei Fußgängerinseln eine Straßenbahnhaltestelle. Die letzten Fahrgäste steigen gerade ein, davor eine schmale Durchfahrt. Er berechnet seine Chance. Etwa zweihundert Meter weiter unten kommt der Gegenverkehr als Pulk die Weinsteige herauf. Die Ampel unten an der Alexanderstraße muß soeben auf Grün geschaltet haben. Aus den Augenwinkeln beobachtet Gächter, wie sich die Türen der Bahn schließen. Er gibt Gas, passiert den hinteren Wagen und bemerkt, daß sich der gelbe Zug in Bewegung setzt. Gächter packt den Schaltknüppel, kuppelt, reißt den zweiten Gang hinein, geht gleichzeitig auf die Bremse. Die Autos im Gegenverkehr sind nur noch dreißig Meter entfernt, die Straßenbahn schiebt sich auf den Durchlaß zu. Gächter schreit: «Festhalten!» und reißt das Steuer mit einem Ruck nach links. Der Wagen bricht hinten aus. Gächter gibt Gas und erreicht schleudernd die Gegenfahrbahn. Bienzle wird gegen die Frontscheibe geworfen. Die Bahn bremst ruckartig. Staub stiebt auf. Der Straßenbahnführer klingelt wie verrückt. Die entgegenkommenden Autos hupen. Gächter treibt den Motor auf unerlaubte Tourenzahlen, dann schaltet er in den dritten Gang. Sie fahren in der Richtung, aus der sie gerade gekommen sind.

«Idiot», sagt Bienzle und hält sich die rechte Schulter. «Und immer auf die gleiche Stelle!» mault er und läßt sich auf den Beifahrersitz plumpsen. Er sieht Gächter fragend an; der schüttelt fast unmerklich den Kopf, und Bienzle tut der harmlose Porschefahrer fast leid, der nie erfahren wird, daß er soeben bei Metro-Goldwyn-Gächter eine wichtige Nebenrolle gespielt hat. Raffinierter Hund, der Gächter . . .

Grüner, der das nicht durchschauen konnte, sagt voller Ehrfurcht: «Clever gemacht, das muß ich sagen.»

Er glaubt's, denkt Bienzle. Wird er weich werden?

«Wo ist das nächste Revier?» fragt Gächter völlig ruhig, und Bienzle antwortet: «Ich denke, da unten bei der Leonhardskirche.»

«Könnte sein, daß ich Ihnen das Leben gerettet habe», meint Gächter zu Grüner.

«Vielleicht», sagt der ziemlich kleinlaut.

Klappt der Trick?

«Haben Sie jemand erkannt?»

Grüner schüttelt den Kopf. «Nein.»

Kein Wunder . . . Bienzle dreht sich um. Jetzt muß *er* seine Rolle spielen. «Sie müssen doch selbst am besten wissen, wozu diese Kerle fähig sind», sagt er. «Das ist eine organisierte Bande von Profis. Sie sind ja schließlich auch einer. Sicher, die könnten sich auch bemühen, Sie rauszuhauen, aber wenn ihnen das nicht gelingt – und dafür sorgen wir schon –, bleibt nur noch eins: Die Bande muß verhindern, daß Sie aussagen . . . Das müßte eigentlich auch in Ihren Holzkopf gehen.»

«So kochen Sie mich nicht weich.» Grüner hat sich inzwischen wieder gefangen.

«Wie Sie wollen», seufzt Bienzle. «Das bedeutet lange Verhöre . . . Ach nein: Wir haben da eine Zeugin, die geradezu darauf brennt, gegen Sie auszusagen!» Bienzle glaubt kein Wort von dem, was er sagt. Und er weiß, daß Gächters Versuch, Grüner Angst zu machen und dadurch zum Reden zu bringen, schiefgegangen ist. Vorläufig jedenfalls.

Ohnehin hochgradig illegal, das Ganze.

«Im Mathäser kriegt man um diese Zeit frisches Eisbein aus dem Sud», sagt Gächter, als sie die Festgenommenen auf dem Ersten Revier abgeliefert haben.

«Eisbein – wenn ich das höre! Knöchle heißt das bei uns», belehrt ihn Bienzle.

Im Mathäser bekommen sie Bienzles Lieblingsplatz in einem kleinen Erker im ersten Stock. Als die behäbige Bedienung das Bier auf den rustikalen Holztisch stellt, streckt der Kommissar die Beine weit von sich und sagt:

«Ein Scheißjob ist das, aber ehrlich!»

Bienzle kommt plötzlich alles unwirklich vor . . . Eine gutbürgerliche schwäbische Wirtschaft. An den Tischen sitzen eingefleischte ‹Viertelesschlotzer›, aber auch Frauen, müde vom späten Einkauf, die prallen Taschen neben sich, bei einer Nudelsuppe oder einem schwäbischen Vesperteller. Und eben noch haben Gächter und er – na, eigentlich mehr Gächter – den Widerstand eines chicagoreifen Gangsters gebrochen . . . Am Stammtisch, bunt gemischt, Rentner und Redakteure der Stuttgarter Zeitung, die wenige Schritte entfernt im Tagblatturm ihre Schreibtische stehen haben. Sie politisieren und philosophieren auf eine Art, die man sonst nirgends auf der Welt findet.

Satzfetzen wehen herüber. Ein gesetzter Mann sagt zu seinem Nachbarn bedeutungsvoll: «Also woischt, domm ischt er jo net, der Kerle.» Der Angesprochene denkt intensiv nach und erwidert dann nicht weniger gewichtig: «Aber woischt was, Anton?» – «Ja, was?» fragt der und bekommt die Antwort: «Gscheit ischt er grad au net . . .»

Da bringt die Bedienung das Essen. «Einmal Knöchle . . .» Sie stellt

Bienzle den Teller hin, dann Gächter den zweiten: «. . . und einmal Eisbein!»

Genau wie sie bestellt haben.

Die Umgebung auf dem Ersten Polizeirevier ist Bienzle fremd und unbehaglich. Er fühlt sich in dem einfach möblierten Dienstzimmer des Revierleiters nicht wohl. Weil er sich zwischen den beiden unbequemen dunkelgelben Holzbürostühlen nicht entscheiden konnte, hat er sich auf das Fensterbrett gesetzt und läßt die Beine gegen die Holzverschalung des Heizkörpers baumeln. Gächter hat seinen Lieblingsplatz eingenommen: Er lehnt im Türrahmen.

Grüner sitzt mit dem Rücken zum Schreibtisch auf einem der Stühle und starrt auf seine Fußspitzen. «Geben Sie sich keine Mühe», murrt er, «ich sage nichts.»

Bienzle seufzt, gähnt und schaut schweigend auf Grüner hinab. Die Müdigkeit steigt wieder von den Füßen her langsam in ihm auf. Jetzt hat sie sich in den Kniekehlen breitgemacht.

«Sie können mit mir machen, was Sie wollen», sagt Grüner, «ich weiß nichts, und ich habe nichts zu sagen.»

Bienzle schwankt zwischen Müdigkeit und Wut. Er schaut auf die Uhr. Es ist kurz nach neun. Er denkt an Hannelore Schmiedinger.

Er möchte ihr jetzt gegenübersitzen, Tee trinken, reden, Musik hören, den Regen an die Fenster schlagen hören . . . So ein Unsinn, denkt er, es regnet nicht, und überhaupt mag ich ja gar keinen Tee . . . Mühsam schwingt er sich von der Fensterbank, greift nach dem Telefonhörer und wählt die Nummer des Krankenhauses. Dann fragt er nach Doktor Hilpert, wird mit einer Schwester verbunden und sagt: «Hier ist Bienzle, Kriminalkommissar Bienzle. Wie geht es Fräulein Schmiedinger?»

Unbewußt und ohne etwas wahrzunehmen starrt er dabei Grüner ins Gesicht, bis der wegschaut. Geistesabwesend legt Bienzle nach einer Weile den Hörer auf.

«Nun?» fragt Gächter.

Bienzle zuckt die Achseln und wendet sich ruckartig Grüner zu. Der zuckt zusammen, als ob er Schläge erwarte.

«Dreckskerl», sagt Bienzle und geht wieder zur Fensterbank.

Gächter sagt: «Hör mal, Ernst, das hier können wir uns doch schenken; der Typ ist schuldig.»

«Mhm», macht Bienzle und läßt seine Absätze gegen die Holzverschalung bumsen.

«So kriegen Sie mich nicht», sagt Grüner. «Das könnte Ihnen so passen – einem armen Schwein ein paar Dinge anzuhängen, die er gar nicht getan hat.»

«Es», sagt Gächter.

«Was?»

«Es, *das* arme Schwein.»

«Ach, lecken Sie mich doch am Arsch!»

«Beamtenbeleidigung.» Gächter grinst.

Bienzle starrt Grüner noch immer an. Seine Augen sind blutunterlaufen. «Sie sind ein mieser Ganove. Sie haben auf Befehl oder gegen Geld versucht, Fräulein Schmiedinger und Frau Korbut umzulegen . . . Jarosewitch haben Sie nicht auf dem Gewissen; das war saubere Arbeit. Sie sind als Killer ein Stümper: das ist nun mal ein Unterschied, ob ich mich in der Altstadt rumprügele, alten Frauen die Handtasche wegreiße, einen Bruch mache – oder ob ich jemand sachgerecht umlegen muß . . . Sie müßten noch viel lernen, Grüner. Aber dazu werden Sie ja nun keine Gelegenheit haben . . . Was sind Sie von Beruf?»

«Schweißer.»

«Autogen oder elektrisch?» fragt Bienzle.

«Verstehen Sie denn was davon?»

«Ich hab's mal versucht, aber ich war nicht besonders begabt dafür, und . . .»

Das Telefon klingelt.

Gächter nimmt ab. «Na bitte!» sagt er, nachdem er eine Weile zugehört hat, und dann: «Saubere Arbeit.»

Er legt auf.

«Was ist?» fragt Bienzle.

«Wir haben die Waffe», sagt Gächter. «Es ist dieselbe, mit der auf Fräulein Schmiedinger geschossen wurde.»

«Wo war sie?»

«Asemwald, Block A, Aufgang drei, 15. Stock, Appartement 1224. Im Klo, mit Tesafilm innen an der Abdeckung der Wasserspülung angebracht.»

«Auch nicht neu», knurrt Bienzle. «I sag's ja – Afänger . . . Ich hätt den Fontana für g'scheiter g'halte.»

«Was hat das denn mit Fontana zu tun?» fragt Grüner sichtlich irritiert.

«Ha, jetzt kommet Se», grinst Bienzle, «mir zwei wisset doch B'scheid!»

Gächter sagt: «Hör mal, Grüner . . .»

«Herr Grüner», verbessert Bienzle.

«Hören Sie, Herr Grüner», fängt Gächter kühl noch einmal an, «wir lassen Sie jetzt für eine Stunde oder so allein; da haben Sie Papier und einen Kugelschreiber . . . Notieren Sie alles, was Ihnen einfällt. Wir reden jetzt mit Ihrer Freundin, und anschließend lassen wir Sie ins Untersuchungsgefängnis bringen. Der Haftbefehl ist unterwegs. Es ist wirklich das beste, wenn Sie alles, was Ihnen einfällt, hinschreiben.»

Bienzle und Gächter gehen hinaus.

«Glaubst du denn, daß das was bringt?» fragt Bienzle.

«Nein, das glaube ich nicht», sagt Gächter. «Aber es wird ihn beunruhigen. Ich bin dafür, daß wir ihn nicht gleich ins UG bringen, sondern ihn gründlich in die Mangel nehmen. Dauerverhör. Bis er singt.»

«Ich kann nicht mehr», sagt Bienzle.

«Laß mal, ich mach das schon.»

«Aber ich wollte noch abwarten, was der Haußmann von Breda erfährt.»

«Das kann ich dir ja auch durchtelefonieren.»

«Stimmt auch wieder.»

«Dann würde ich vorschlagen», sagt Gächter vorsichtig, «du nimmst ein Taxi und fährst nach Hause oder zu mir, wie du willst.»

Bienzle gähnt. «Die Dame Rosemie knöpf ich mir noch vor, dann fahr ich heim.»

«Wie du meinst.»

«Natürlich wie ich meine», raunzt Bienzle, «wie denn sonst?»

Rosemie Stern sitzt in der Wachstube und ist schon wieder ganz gut bei Laune. Sie flirtet mit einem jungen, gutaussehenden Polizeimeister.

«Na», sagt Bienzle, «hat die Dame schon ein umfassendes Geständnis abgelegt?»

«Nein, Herr Kommissar», meldet der Polizist zackig.

«Ruf doch mal in der Dorotheenstraße an», sagt Bienzle zu Gächter, «und laß dir die Frau Korbut geben. Sie kann gehen, soll aber eine Adresse hinterlassen. Vielleicht hat sie irgendeine Freundin, bei der sie unterkriechen kann.» Dann wendet er sich dem Mädchen zu: «Also, wir haben in Ihrer Wohnung die Waffe gefunden, mit der gestern auf eine junge Dame geschossen worden ist. Wer hat die Pistole im Klo versteckt?»

«Ich weiß nichts und sag nichts.»

«Na, die Melodie kenne ich, aber das nützt Ihnen ja nun alles nichts. Die Beweise sind da. Auch wenn Sie nichts sagen, kommen Sie wegen Beihilfe erst mal ein paar Jahre hinter schwedische Gardinen.»

Immer dieselbe Tour . . . Angst machen, bluffen, drohen; ein kümmerliches Repertoire, denkt er.

«Also wenn tatsächlich jemand bei mir was versteckt hat – was kann denn ich dafür?» sagt Rosemie Stern.

«Ich habs satt», mault Bienzle; «bringt sie erst mal für ein paar Wochen in den Knast, wir lösen den Fall auch ohne ihre Aussage . . . Mein Gott, des ischt doch dackelhaft, wenn Sie jetzt Ihrn hübscha Kopf für so en Kerle nahaltet – der hot Sie doch scho vergessa!»

«Außerdem brummt der mindestens zehn Jahre ab», sagt Gächter.

Der junge Polizist meldet sich zu Wort: «Also, wenn ich Ihnen einen Rat geben dürfte, Fräulein: ich würde Ihnen empfehlen, auszusagen.»

Bienzle schaut den jungen Kollegen anerkennend an und nickt ihm auffordernd zu.

Durch die Anerkennung ermutigt, macht er weiter: «Ich bin sicher, wenn Sie jetzt alles sagen, kommen Sie ganz schnell wieder auf freien Fuß. Die beiden Herren meinen das doch nicht so ernst. Nur wenn Sie sich bockig stellen, kann's für Sie wirklich unangenehm werden.»

Rosemie Stern sieht den jungen Mann, dem seine Uniform so wunderbar steht, nachdenklich an.

«Wissen Sie was», sagt der, nun ganz selbstbewußt, «wir zwei gehen mal in mein Zimmer nach hinten, und Sie diktieren mir alles, was Sie wissen, gleich in die Schreibmaschine . . . Wären Sie damit einverstanden, Herr Kommissar?»

Bienzle tut so, als müßte er überlegen.

Gächter denkt, o du schwäbisches Schlitzohr! und sagt: «Ich hätte da keine Bedenken, Herr Kommissar; Fräulein Stern scheint ja durchaus aussagebereit zu sein.»

Bienzle schaut ihn an und denkt, raffinierter Hund! Dann sagt er: «Na, meinetwegen. Herr Gächter bleibt hier und wird überprüfen, was dabei herauskommt. Wenn Fräulein Stern eine vernünftige Aussage macht, kann sie freigelassen werden.»

In der Eberhardstraße findet Bienzle ein Taxi, das ihn nach Hause bringt. Der Fahrer redet ohne Punkt und Komma über den VfB Stuttgart.

Bienzle, sonst ein Fußballnarr, ist es egal. Er hört die Stimme des Taxichauffeurs, als ob sie aus großer Entfernung käme, sagt mal «tatsächlich?» oder «mhm», oder «so isch's no au wieder».

Als der Wagen den Wilhelmsplatz in Cannstatt passiert, ist er eingeschlafen. Kurz nach neun Uhr rüttelt ihn der Fahrer wach. Bienzle zahlt, läßt sich eine Quittung geben und geht ins Haus.

Seine Frau sitzt im Fernsehsessel und schaut kaum auf. Er gibt ihr einen flüchtigen Kuß auf die Stirn. Dann geht er in die Küche und durchsucht den Kühlschrank.

«Soll ich dir was machen?» fragt sie lustlos aus dem Wohnzimmer.

«Nein, laß nur; ich find schon was», ruft er und greift sich ein Ripple aus dem obersten Kühlschrankfach. Sie weiß ja nicht, daß er schon ein Knöchle gegessen hat.

Er lehnt sich gegen den Küchenschrank und beißt kräftig in das Fleischstück hinein; gleichzeitig öffnet er mit der linken Hand eine Bierflasche. Er trinkt und ißt abwechselnd und fühlt sich müde und ausgebrannt. Aus dem Wohnzimmer hört er die Stimme Rudi Carrells.

Bienzle putzt sich die Finger an einem Küchenhandtuch ab und geht ins Zimmer.

«Daß du dich auch mal wieder sehen läßt!» sagt Hanna.

«Ja, gell, do guckscht?»

«Du hältst es ja nicht mal mehr für nötig . . .»

«Sei so gut und laß das», sagt er müde; «ich bin am Ende. Das ist doch immer so, wenn ich an so einem Fall bin.»

Hanna dreht sich um und schaut wieder Rudi Carrell zu. Bienzle legt sich auf die Couch und fängt an,die Zeitung zu lesen, aber schon nach wenigen Minuten ist er eingeschlafen. Hanna steht auf und holt aus dem Schlafzimmer eine Wolldecke, die sie vorsichtig und sehr sanft über ihn breitet. Sie schaut eine Weile auf ihn hinab, schüttelt dann leicht den Kopf, beugt sich zu ihm und haucht ihm einen Kuß auf die Stirn. Dann dreht sie den Ton des Fernsehers so leise, daß sie ihn gerade noch versteht.

Am anderen Morgen ist Bienzle ungewöhnlich gut aufgelegt. Im Badezimmer singt er Fragmente aus Opernarien, wobei er immer wieder versucht, vom tiefsten Baß bis ins höchste Falsett emporzuklettern. Er macht sogar ein paar Kniebeugen.

Seine gute Laune hält auch noch bis zum Frühstück an. Er übersieht die Joghurtbecher und holt sich aus dem Kühlschrank ein Stück Rotwurst. Hanna sagt nichts dazu. Sie schüttelt nur vorwurfsvoll den Kopf.

Bienzle schlägt die Zeitung auf. «Zwei Verhaftungen im Mordfall Jarosewitch . . .» liest er. Und da ist seine Stimmung hin. «Dia Knallköpf!» schimpft er. «Diese Grasdackel!»

«Was hascht denn scho wieder?» fragt seine Frau.

«Daß die 's Wasser net halte kennet! Sogar die Namen stehen da drin. Kann sich doch jeder ausrechnen, daß die zwei singen und . . . Aber des hot ja alles kein Wert – was reg ich mich auf? Gib mr liaber no en Kaffee.»

Bienzle macht sich keine Illusionen darüber, daß die Verhaftung von Korbut und Grüner auch ohne Zeitungsmeldung allen Interessierten bekannt ist; aber er ärgert sich, daß er wieder einmal um sein größtes Vergnügen gebracht wurde: die Pressekonferenz. Jeder im Polizeipräsidium weiß, daß es Bienzles schönste Stunden sind, wenn er im Sitzungszimmer, flankiert vom Pressereferenten und vom Präsidenten, minutiöse Schilderungen seiner Fahndungsarbeiten geben kann. Er arbeitet oft eine ganze Nacht an diesen Reports für die Presse. Für ihn ist es eine Art Ritual, der letzte Akt eines Falles, wenn er den gespannten Journalisten in druckreifen Formulierungen Schwierigkeiten, Rückschläge und Erfolge vermelden kann. Dabei tritt er mit kalkulierter Bescheidenheit auf – ein sympathischer Beamter, dem man nicht erst die Würmer aus der Nase ziehen muß, der weiß, was ein Reporter haben will . . . Nichts ist dann zu spüren von seinen Depressionen, seinen Selbstzweifeln und seiner Unduldsamkeit. Dann brilliert er: von Kopf bis Fuß der Nesenbach-Maigret.

Aber jetzt ist er sauer, und im Präsidium läßt er es alle spüren. Den Gruß der Sekretärin erwidert er nicht, Gächter brummt er nur an, Haußmann, der sich schon erwartungsvoll bereithält, fertigt er ab – «Ich ruf Sie, sobald ich Zeit hab!» –, und als Gächter ihm vorsichtig mitteilt, der Chef wolle ihn sprechen, sagt er patzig: «Der kann auch mal warten.»

Gächter läßt ihn allein. Er geht in die Kantine, um Kaffee zu besorgen.

Bienzle sitzt in seinem Drehsessel und starrt an die Wand. Er sagt sich, daß er eigentlich überhaupt keinen Grund hat, sauer zu sein, und das regt ihn noch mehr auf.

Gächter kommt mit zwei Kaffeetassen und stellt Bienzle eine davon auf die Schreibunterlage. Dann setzt er sich wieder vor seinen Schreibtisch und beginnt Notizen zu machen.

Bienzle nimmt den Hörer von der Gabel und legt ihn wieder auf. Er zieht eine Akte zu sich her und schiebt sie wieder von sich. Geistesabwesend trinkt er den Kaffee und murrt: «Das ischt koi Kaffee, das ischt Muckefuck.»

Gächter beachtet ihn nicht.

Nach zehn Minuten endlich steht Bienzle schwerfällig auf und sagt: «Ich bin beim Chef.»

Direktor Hauser, jovial wie immer, bietet Bienzle den bequemen Sessel in der kleinen Sitzecke an, aber der brummt: «Ich steh lieber.»

«Welche Laus ischt denn dir über d'Leber glaufa?» fragt Bienzles alter Schulfreund.

«Wer hat angeordnet, daß die Presse unterrichtet wird?»

«Ach, das isch dei Problem? Unser Pressereferent wollte eben auch einmal selbständig was machen.»

«Der kann von mir aus selbständig Zeitungsausschnitte abheften, aber er soll sich net in meine Fäll einmischa.»

Hauser runzelt die Stirn: «Jetzt langt's aber, Ernst.»

Darauf folgt ein minutenlanges Schweigen.

Dann preßt Bienzle ein «Entschuldigung» heraus und will gehen,

«Moment», sagt Hauser; «würde es dir etwas ausmachen, mich über die bisherige Entwicklung zu unterrichten?»

Bienzle unterdrückt es, zu sagen «Liest du keine Zeitung?», und setzt sich nun doch in den Sessel.

«Es ist schwierig», sagt er und findet endgültig zu seinem Amtsdeutsch zurück; «wir kommen zwar vorwärts, sozusagen an der Peripherie. Im zweiten und dritten Glied haben wir nahezu einen kompletten Erfolg. Max Grüner ist gefaßt, und es besteht kaum ein Zweifel, daß er Hannelore Schmiedinger . . .» Plötzlich verstummt Bienzle.

«Ja, weiter», sagt Hauser.

«Also er hat auf sie geschossen, und daß der Überfall auf die Korbut auch auf seine Kosten geht, dürfte klar sein. Aber er ist ein bezahlter Schläger und Killer. Wahrscheinlich bekommt er seine Aufträge von Fontana, aber da wissen wir noch nichts Genaues. Und selbst wenn wir das beweisen können, wissen wir noch immer nicht, wer die eigentlichen

Hinterleute sind. Dieser Rechtsanwalt Bäuerle und seine Schwester, die verwitwete Jarosewitch, spielen auch irgendwelche Rollen. Aber bevor ich da nichts Genaueres weiß, möchte ich an die nicht ran . . . Ich hab das Gefühl, daß uns in diesem Fall jeder Teilerfolg eher vom Kern wegführt, als daß er uns einer Lösung näherbringt.»

Hauser sieht Bienzle nachdenklich an. Er kennt diese Situation. Der Kommissar verfällt regelmäßig in eine Art Depression, wenn er die ersten Etappen eines Falles hinter sich gebracht hat und den endgültigen Erfolg doch noch nicht zu greifen vermag.

«Grüner hat gestanden», sagt er.

«Ach ja?» sagt Bienzle ohne Begeisterung.

«Die Aussage liegt schon bei mir.» Hauser klopft mit den Fingerknöcheln auf ein paar Blätter, die vor ihm liegen.

«Wer ist der Auftraggeber?» fragt Bienzle.

«Kannst du dir doch denken.»

«Fontana natürlich.»

«Mhm.»

«Man hätte ihn sofort festnehmen sollen.»

«Wir sind zu spät gekommen; der Herr ist abgereist.»

«Nach Italien?»

«Das behaupten wenigstens seine Angestellten.»

«Und wer führt die Geschäfte der Restaurant-Kette?»

«Seine Frau.»

«Was, der hat eine Frau?»

«Mhm.»

«Da habe ich einen Fehler gemacht. Man hätte den Typ nicht aus den Augen lassen dürfen.»

«Mach dir keine Vorwürfe», sagt Hauser; «wir haben nun mal nur eine begrenzte Zahl von Beamten.»

«Gibt es irgendwelche Hinweise, daß der Fontana tatsächlich nach Italien ist?»

«Gollhofer prüft das gerade nach.»

«Ist sonst noch etwas?» fragt Bienzle.

«Eigentlich nicht.»

«Und uneigentlich?»

«Du solltest dir nicht zu viel aufhalsen. Ich bin froh, daß du dich wenigstens heute nacht mal aufs Ohr gelegt hast.»

«Hätt ich's nicht getan, wäre uns der Fontana vielleicht nicht entwischt.» Bienzle geht grußlos hinaus. Er ist noch niedergeschlagener als zuvor.

«War's schwierig, den Grüner zum Singen zu bringen?» fragt er Gächter in ihrem gemeinsamen Büro.

«Nach vier Stunden war er soweit.»

«Und?»

«Er arbeitete schon seit zwei Jahren für Fontana. Die übliche Dreckarbeit: Leute einschüchtern, Kontakt zur Unterwelt halten . . . Gelegentlich hat er wohl auch den Boten zwischen Fontana und Jarosewitch gemacht. Die Geschäfte scheinen so gelaufen zu sein, wie wir vermutet haben. Fontana und Jarosewitch müssen so etwas wie Partner gewesen sein. Der Italiener gehört wohl einem internationalen Hehlerring an. Von ihm kamen die Adressen, die dann Korbut angelaufen hat; von ihm kam aber manchmal auch Handelsgut, das Jarosewitch auf dem deutschen Markt verteilt hat.»

«Was ist mit der Stern?»

«Grüner behauptet, er hat sie bei Fontana kennengelernt und was mit ihr angefangen, obwohl ihm das eigentlich strikt verboten war. Fontana wollte nicht, daß seine ‹Außendienstleute›, so nannte er das, näheren Kontakt mit den festangestellten Mitarbeitern hatten.»

«Ein heimliches Gschpusi also?»

«Ja, Grüner sagt auch, Fontana hat ihm befohlen, Stuttgart zu verlassen, und er hat ihn in dem Glauben gelassen, daß er noch gestern abreisen wollte. Dann ist er aber noch mal zu dem Mädchen gefahren . . . Das Pulver hat er nicht erfunden, der Grüner.»

«Du, Gächter . . .»

«Ja?»

«Wahrscheinlich sind wir Fontanas Leuten im Asemwald nur zuvorgekommen; wahrscheinlich hast du in deinem Wildwestfilm gestern der Wirklichkeit nur ein bißchen vorgegriffen . . . Fontana hat den Grüner überwachen lassen. Muß ein ganz schöner Schlag für die gewesen sein, als sie hinkamen, und das Nest war leer.» Zum erstenmal an diesem Vormittag lächelt Bienzle. «Weiß denn der Grüner, was in den letzten Wochen passiert ist?» fährt er fort. «Irgendwas muß doch die heile Geschäftswelt der Herren Jarosewitch und Fontana gestört haben.»

«Er scheint es wirklich nicht zu wissen. Er sagt nur, Fontana sei sehr nervös gewesen.»

«Der weiß doch bestimmt mehr. Warum hat er denn die Korbut erst ausspioniert und dann versucht, sie umzubringen?»

«Er sagt, Fontana habe ihn eines Tages . . . Warte mal, das hab ich auf dem Kassettenrecorder. Ich spiele dir die Stelle mal vor.»

«Gut . . . Moment mal; wir holen Haußmann dazu.» Bienzle ruft den jungen Kollegen an und bittet ihn erstaunlich höflich zu sich.

«Bevor Sie uns erzählen, was Breda wußte, hören wir uns mal das Band da an», sagt Bienzle zu Haußmann, als der eilfertig hereingespurtet kommt.

Gächter drückt den Knopf.

Der Chef hat mich kommen lassen, berichtet Grüner, *und gefragt, ob ich dem Korbut seine geschiedene Ische kenne. Natürlich, sag ich, die motzt doch dem Jarosewitch den Schmuck auf. Und da sagt der Chef, er hätte Grund zur Annahme, daß der Jarosewitch ein krummes Ding dreht, ohne ihn oder gegen ihn, ich weiß nicht mehr, wie er sich genau ausgedrückt hat, und ich soll doch mal der Korbut auf den Zahn fühlen, ob die in letzter Zeit einen großen Posten zum Umarbeiten reingekriegt hätte. Ich hab ihn gefragt, woher er denn das alles wissen will. Da hat er gesagt, das geht mich nichts an, aber soviel kann er sagen, es gibt so etwas wie eine neue . . . Jetzt weiß ich nicht mehr, wie das Wort hieß. Konstruktion oder Kontraktion oder so.*

Konstellation vielleicht? fragt Gächter auf dem Band.

Kann sein – nun wieder Grüners Stimme; *auf jeden Fall sagte er, in Zukunft geht es auch ohne Jarosewitch, vielleicht sogar besser . . .*

«Schalt mal ab», sagt Bienzle.

Gächter drückt den Aus-Knopf.

«Da ist von einem ‹größeren Posten› die Rede. Haben wir eigentlich schon mal nachsehen lassen, ob in den letzten Wochen irgendwo ein größerer Schmuckraub gemeldet worden ist? Das muß doch zu ermitteln sein.»

«Ich kümmere mich darum», sagt Haußmann.

«Gut, dann laß uns mal weiterhören», sagt Bienzle.

Ich hab dann dem Korbut gesagt, er soll mich mal zu seiner Ehemaligen mitnehmen, ich wollte was kaufen und mir ihre Werkstatt angukken. Das lief dann auch, aber natürlich war da nichts rauszubekommen. Der Chef war sauer und hat gesagt, daß man dann eben andere Seiten aufziehen muß. Ich hab mir schon einen Schlachtplan zurechtgelegt. Und da hat er mich gestern kommen lassen und gesagt, die Bullen hätten rausbekommen, daß zwischen Jarosewitch und ihm eine Verbindung ist. Und ich soll sofort zu der Korbut fahren und den Laden auseinandernehmen – Gächter: *Hat er Ihnen denn nicht genauer gesagt, nach was Sie suchen mußten? – Das war mir ja klar; ein Sack voller Klunker muß da irgendwo rumschwirren, den wollte der Fontana haben. Vielleicht hat man ihm das Zeug unterm Arsch weggezogen, oder der Jarosewitch wollte den Chef ausbooten. Aber daß so was nicht läuft, hätte ich dem Jarosewitch gleich sagen können.*

Gächter schaltet den Recorder ab. «Das war die Stelle», sagt er.

«Wie hast du den bloß so zum Plaudern gebracht?» fragt Bienzle.

Gächter spielt mit einem Lineal und zuckt die Achseln. «Ich weiß nicht mehr so genau.»

«Dann will ich's auch nicht wissen.» Bienzle ist ein bißchen unbehaglich dabei. «Nun zu Ihnen, Haußmann – wie war's mit Breda?»

Haußmann zieht einen Block heraus. Er hat seinen Bericht sorgsam vorformuliert. «Am vorletzten Sonntag hatte Breda Dienst. Fontana ließ ihn kommen und fragte ihn, ob er sich ein paar hundert Mark zusätzlich verdienen wolle. Breda bejahte.»

An dieser Stelle muß sich Bienzle umdrehen und zum Fenster hinausschauen, damit Haußmann nicht merkt, wie ihn diese wohlformulierte Fleißarbeit amüsiert.

«Fontana sagte ihm sodann, am Nachmittag gegen vier Uhr käme ein Mann. Er werde im Hof parken und über die hintere Außentreppe zu ihm ins Büro kommen. Breda solle sich diesen Mann vom Fenster aus genau ansehen. Das tat er dann auch. Später bekam er von Fontana Name und Anschrift des Mannes: Lothar Bäuerle, Stuttgart-Zuffenhausen, Brechtstraße 77.»

«Stop!», sagt Bienzle und steht auf. Er hat beide Hände gegen die Schläfen gedrückt und geht im Zimmer auf und ab. Dann setzt er sich abrupt hin und sagt: «Weiter!»

«Breda sollte gelegentlich den Herrn Bäuerle observieren. Er bekam dafür jedesmal einen neuen Auftrag. Breda mußte nur genau notieren, wo Bäuerle hinging, mit wem er sich traf. Er sollte Autonummern aufschreiben und so weiter. Insgesamt bekam er sechsmal solche Aufträge. Dreimal verfolgte er Bäuerle, davon zweimal nach Degerloch zur Werkstatt der Frau Korbut, einmal zu seiner Schwester. Dreimal hatte er nur Bäuerles Haus zu bewachen. Da kam einmal die Schwester, einmal Jarosewitch und einmal kamen Sie, Herr Kommissar.»

«Einmal kam Jarosewitch?» fragt Bienzle.

«Ja, er blieb drei Stunden.»

«Sauber, sauber!» sagt Bienzle. «Der Mann, mit dem Bäuerle völlig übers Kreuz war.»

«Da ist noch mehr, Herr Kommissar.»

«Ja? Machen Sie weiter.»

«Breda hat sich über all das gewundert und auf eigene Faust recherchiert. Er interessierte sich nämlich sehr für Frau Korbut und hatte das Gefühl, sie könnte in Gefahr sein.»

«Moment mal», sagt Bienzle, «hat sich Breda den Tag gemerkt, an dem Jarosewitch bei Bäuerle war?»

«Er hat sich alles peinlich genau aufgeschrieben. Fontana hat ihm zwar befohlen, alle Notizen sofort zu vernichten, aber daran hat sich Breda nicht gehalten.»

«Sehr schön. Wann war nun Jarosewitch bei Bäuerle?»

«Am Donnerstag letzter Woche um 22.30 Uhr.»

«Ich hab das Gefühl, wir kommen weiter», sagt Bienzle, und kein Mensch würde glauben, daß er noch vor einer halben Stunde völlig vergrätzt und unansprechbar war.

«Soll ich nun weitermachen?» fragt Haußmann.

Bienzle antwortet ihm mit einer ironischen Verbeugung: «Ich bitte sehr darum!»

«Also, Breda wollte wissen, was hinter all dem steckt, und hat versucht, an Fontanas Tür zu horchen.»

«Die ist abhörsicher, das weiß ich genau», sagt Bienzle.

«Stimmt, aber Bredas jüngerer Bruder ist Funkamateur und außerdem bei Elektro-Schiever als Monteur angestellt. Seit Sonntag hat Fontana eine Abhörwanze hinter dem Heizkörper seines Büros.»

«Ach du liabs Herrgöttle», ruft Bienzle, «das hätten wir früher wissen sollen!»

«Breda kann also bestätigen, was Grüner dem Herrn Gächter erzählt hat», beschließt Haußmann seinen Bericht.

Bienzle lehnt sich in seinem Sessel zurück, schaut von Gächter zu Haußmann und wieder zu Gächter, dann sagt er fast feierlich: «Also, jetzt muß ich euch mal was sagen: Wenn wir so weitermachen, werden wir noch ein erstklassiges Team.»

Haußmann wächst sichtlich um einige Zentimeter. Gächter grinst, dann fragt er Haußmann:

«Ist in Ihrem Gespräch irgendwann einmal der Name ‹Alfons› gefallen?»

Haußmann schüttelt den Kopf.

«Grüner meint nämlich», sagt Gächter, «Fontana habe Kontakt mit einem Mann dieses Namens.»

Bienzle starrt Gächter an. «Alfons . . . Alfons . . . Ja! Von einem Alfons war auch die Rede, als die Jarosewitch telefonierte . . . In dem Gespräch, das ich mitgekriegt habe, während ihr Mehrzweckheini Gewicht und Umfang ihrer Brüste vermessen hat.»

«Bäuerle heißt nicht zufällig Alfons?» fragt Gächter.

«Nein, der heißt Lothar.» Haußmann schüttelt den Kopf.

«Wäre auch zu schön gewesen . . .»

Bienzle stemmt sich aus seinem Bürosessel und sagt: «Wo ist eigentlich hier das nächste Blumengeschäft?»

«In der Schwarenbergstraße, fünfzig Meter vom Eingang zum Karl-Olga-Krankenhaus entfernt», sagt Gächter und bemüht sich, sein ernstes Gesicht zu bewahren.

Bienzle ist verlegen. Seinen bunten Sommerstrauß hat er auf die Bettdecke gelegt. Jetzt sitzt er auf einem weißen Eisenstuhl neben dem Krankenbett und schaut an Hannelore Schmiedinger vorbei auf den unvermeidlichen Feininger-Druck, der in allen öffentlichen Krankenhäusern die Wände ziert.

«Ich mache mir Vorwürfe», sagt Bienzle leise.

«Aber warum denn?» fragt sie und lächelt dabei sogar ein wenig.

Jetzt sieht er sie an. Ihr Gesicht ist noch schmaler und durchsichtiger geworden. Um den Kopf hat sie einen Verband, der dieses Gesicht einrahmt und auf das Wesentliche konzentriert: Die Augen, eine hübsche kleine Nase und den vollen Mund.

«Ich hätte besser auf Sie achtgeben sollen – schließlich gehört es zur kriminalistischen Routine, gefährdete Personen zu schützen. Und daß Sie gefährdet waren, hätte ich wissen müssen.»

«Das war ja eine richtige Ansprache», sagt sie; «und ich denke, Sie kommen, um mich zu vernehmen.»

«Ja, natürlich, das natürlich auch.» Bienzle weiß nicht, wie er seine Verlegenheit loswerden soll.

«In erster Linie», sagt er, «bin ich gekommen, um zu sehen, wie's

Ihnen geht.»

«Es könnte schlimmer sein. Ich hätte ganz gut schon gestern mit Ihnen reden können, aber der Arzt nimmt es übergenau. Die Kugel ist ja nicht weit eingedrungen, sie hat mich eigentlich nur gestreift. Und dann habe ich natürlich einen Schock bekommen.»

Bienzle steht auf und geht ein paar Schritte durchs Zimmer. Er schaut aus dem Fenster. »Können Sie hier überhaupt schlafen?» fragt er. «Ist ja idiotisch – ein Krankenhaus direkt an einer vielbefahrenen Straße!»

«Als die den Kasten dahingestellt haben, fuhr man wahrscheinlich noch mit Pferdekutschen», lächelt sie.

Eine Schwester kommt herein, nimmt wortlos die Blumen und geht wieder hinaus.

Bienzle gibt sich einen Ruck: «Also, Fräulein Schmiedinger – was war es, was Sie mir sagen wollten?»

«Jarosewitch war in eine Menge dunkler Geschäfte verwickelt.»

«Ja, das haben wir inzwischen auch rausgekriegt.»

«Er hat aber genau getrennt zwischen seiner – wie soll ich sagen –, seiner offiziellen Arbeit und seinen illegalen Geschäften. Mit uns hat er nur über die normale Arbeit gesprochen, alles andere wurde geheim abgewickelt. Nur Korbut war eingeweiht. Er war so etwas wie Jarosewitchs Adjutant.»

«Wir haben ihn inzwischen verhaftet . . . Den Mann, der auf Sie geschossen hat, auch.»

«Dann kann ich Ihnen wohl gar nichts Neues mehr sagen.»

«Sie müssen mir alles erzählen, manchmal hilft ein kleiner Hinweis, der zunächst ganz nebensächlich erscheint. In den letzten Wochen muß sich irgend etwas ereignet haben, was Jarosewitch durcheinandergebracht hat. Wir vermuten, daß entweder er ein Geschäft ohne seine bisherigen Partner vorhatte oder daß seine Partner ihn aus dem Geschäft hinausdrängen wollten.»

«Das könnte stimmen», sagt Hannelore Schmiedinger. «Sie erinnern sich doch, daß ich davon erzählte, wie ich über die Gegensprechanlage ein paar Satzfetzen mitbekommen habe? Dieser Besucher sprach immer wieder davon, daß Jarosewitch jemand reinlegen wolle. Und er sagte ein paarmal: ‹Alfons ist in der Vorhand›, oder so ähnlich.»

«Wenn ich nur wüßte, wer dieser Alfons ist – der Name taucht immer wieder auf, aber wir haben keine Ahnung, wer dahinterstecken könnte.»

«Aber er war doch einmal da.»

«Wie bitte? Sagen Sie das bitte noch mal!»

«Ja, er war einmal da ... Das muß vor ungefähr vier Wochen gewesen sein.»

«Haben Sie ihn gesehen?»

«Ja, natürlich; das war kein heimlicher Besuch wie bei den anderen. Der Mann rief an, ich glaube, es war an einem Freitag kurz vor Feierabend. Ja, ich weiß es noch ganz genau. Eigentlich hatte ich ins Theater gehen wollen, aber der Chef bat mich, noch zu bleiben, falls sein Gast noch etwas wünschte ... Also der Mann rief an und sagte so etwa, melden Sie doch bitte Herrn Jarosewitch, daß ihn Alfons sprechen wolle. Alfons, nichts weiter? habe ich ihn gefragt. Er hat gelacht und gesagt: Das wird genügen!»

«War das vor oder nach dem Gespräch, das Sie über die Gegensprechanlage gehört haben?»

«Es war ein paar Tage vorher.»

«Könnten Sie den Mann beschreiben?»

«Ja ... Er sah sehr gut aus. Vielleicht Anfang Dreißig; gut einsneunzig groß; schwarzhaarig, glattrasiert, sehr ... sehr intensive Augen, wenn Sie verstehen, was ich damit meine.»

«Mhm, ich kann mir schon etwas darunter vorstellen.»

«Und er trug einen Anzug, der sehr teuer gewesen sein muß. Da stimmte alles, die Krawatte paßte zum Einstecktuch und zu den Socken. Die Schuhe müssen mindestens 200 Mark gekostet haben ... Und er trug am linken Arm einen zusammengerollten Regenschirm, obwohl wir damals einen wolkenlosen Himmel hatten.»

«Sie haben aber nicht zufällig mitbekommen, was die beiden Herren beredet haben?»

«Nein. Ich mußte zwar Kaffee kochen und Brötchen herrichten, aber wenn ich den Raum betrat, schwiegen sie.»

«Hatten Sie den Eindruck, als ob die beiden gestritten hätten?»

«Nein; ich würde eher sagen, daß es eine ganz gepflegte Atmosphäre war.»

«So wie zwischen zwei guten Geschäftspartnern?»

«Ja ...» Hannelore Schmiedinger zögert ein wenig und sagt dann: «Aber als dieser Mann gegangen war, schien mein Chef doch sehr erregt zu sein. Er lief im Zimmer auf und ab wie ein eingesperrtes Tier, sagte immer wieder: Sie können jetzt noch nicht weggehen, vielleicht brauche ich Sie noch! Aber er ließ mich dann nur noch eine Telefonverbindung herstellen.»

«Wissen Sie noch, mit wem?»

«Natürlich; ich habe mich nämlich sehr darüber gewundert: Er wollte mit seinem Schwager, Rechtsanwalt Bäuerle, verbunden werden.»

Bienzle läßt sich auf den Stuhl plumpsen. «Mit dem Mann also, den er absolut nicht ausstehen konnte?»

«Ja, darüber habe ich mich ja so gewundert.»

«Sie haben aber nicht zufällig gehört, was er mit Bäuerle sprach?»

«Nein. Er schickte mich weg. Vorher sagte er nur noch, mehr zu sich als zu mir: Wenn der glaubt, er kann mir in die Suppe spucken, dann täuscht er sich . . . Oder so ähnlich.»

«Mich würde interessieren», sagt Bienzle nachdenklich, «ob Sie sich auf all das einen Reim gemacht haben.»

«Ich habe viel darüber nachgedacht», sagt Hannelore Schmiedinger, «natürlich sind das alles nur Spekulationen, aber es könnte doch vielleicht sein, daß dieser Alfons einer von Jarosewitchs Partnern bei seinen komischen Nebengeschäften war und daß sich Herr Bäuerle in diese Geschäfte hineindrängen wollte. Ich komme darauf nur, weil mich Bäuerle einmal aushorchen wollte.»

«Ach ja?»

«Ich traf ihn einmal ganz zufällig – oder vielleicht auch nicht ganz so zufällig – im Theatercafé. Wenn ich ins Theater gehe, esse ich da meistens . . . Er stand plötzlich an meinem Tisch. Ich kannte ihn doch nur ganz flüchtig; er tat aber so, als ob wir alte Freunde wären. Zuerst redeten wir nur ganz allgemeines Zeug, aber dann kam er langsam aber sicher auf meine Arbeit bei Jarosewitch zu sprechen. Er sagte solche Dinge wie ‹Ihr Chef ist ja doch viel auf Reisen, da müssen Sie wohl das ganze Büro selber führen›, oder ‹wie ist das denn bei Ihnen, da kommen doch sicher viele Leute, die Ihrem Chef Angebote machen?› Lauter komische Fragen, auf die ich ihm keine Antworten geben wollte . . . Er versuchte es dann noch mit Charme, wollte mich nach dem Theater abholen und einladen und so weiter . . .»

«Wie weiter?» fragt Bienzle bissig. Er ärgert sich ungeheuer über diesen zudringlichen Kerl.

«Sie kennen das doch – wie man halt versucht, eine Frau rumzukriegen.»

Bienzle steht auf und starrt auf das schmale Gesicht hinab.

«Warum gucken Sie mich denn so an?» Hannelore Schmiedinger

lächelt. «Ich kann doch nichts dafür!»

«'tschuldigung», sagt Bienzle, «mir gefällt die Vorstellung nicht, daß Sie und der Kerl ...»

Jetzt lacht sie, verzieht aber gleich darauf das Gesicht: «Lachen ist bei mir noch nicht drin.»

Die Schwester kommt wieder herein und sagt: «Sie können nicht länger bleiben; Fräulein Schmiedinger braucht Schonung.»

«Aber Schwester», sagt Hannelore, «ich bekomm doch sonst nie Besuch.»

«Ist das wahr?» fragt Bienzle, «haben Sie denn niemand ... Ich meine, ich will nicht indiskret sein, aber ...»

«Zu solchen Fragen, die nicht direkt zum Fall gehören, verweigere ich die Aussage», sagt Hannelore Schmiedinger.

Bienzle schaut sie an. Es gelingt ihm, ihre Augen mit den seinen festzuhalten, und er sieht, wie sich ihre Wangen röten. Dann folgt er einem ganz plötzlichen Impuls, geht zu ihr hin, beugt sich hinab und küßt sie auf die Nasenspitze.

«Also so was!» ruft die Schwester empört, als ob sie gerade Zeuge eines Sexualverbrechens gewesen wäre.

Hannelore Schmiedinger sieht verwirrt zu ihm auf. Jetzt ist er puterrot im Gesicht.

«Entschuldigung», sagt er leise.

Und da sagt sie doch tatsächlich: «Zugabe.»

Aber nun traut er sich nicht mehr. Er geht zur Tür, schaut noch mal zu ihr zurück und sagt: «Morgen. Morgen werde ich Sie wieder besuchen; es gibt noch ein paar Fragen, die wir klären müssen.» Dann geht er schnell durch die Tür.

Die Schwester folgt ihm. Jeder Schritt drückt ihre Mißbilligung aus. «Nutzen Sie immer so die Situation von kranken jungen Frauen aus?» fragt sie.

Bienzle sieht auf sie hinab. Sie hat ein strenges Gesicht, mit verkniffenen schmalen Augen. Ihre Gesichtshaut hat einen gelblichen Schimmer.

«Ach, Schwester», sagt er, «Sie haben ja keine Ahnung.» Dann faßt er ihren Kopf hinter beiden Ohren und drückt ihr auf jede Backe einen herzhaften Kuß.

Sprachlos starrt sie ihn an, dann sagt sie: «*Casanova!*»

Bienzle lacht. «Schauen Sie mal aus dem Fenster, Schwester: 's'ischt Sommer, d' Sonne scheint, ond iberhaupt, 's Leba kennt schlemmer sei.»

Dann geht er durch die Schwingtür zum Treppenhaus.

Die Krankenschwester bleibt wie angewurzelt stehen, dann fährt sie mit beiden Händen vorsichtig über ihre Wangen, schüttelt den Kopf, sieht sich um, geht in Richtung Schwesternzimmer und macht ganz heimlich zwischen zwei Schritten eine Walzerdrehung. Ihr Gesicht hat einen zartrosa Schimmer.

Bienzle verläßt das Krankenhaus und bummelt gemächlich hinüber zur Villa Berg, einer großen Parkanlage, in deren Mitte die Fernsehstudios des Südfunks liegen. Er muß nachdenken. Nicht weit vom belebten Kinderspielplatz setzt er sich auf eine Bank im Schatten eines ausladenden Kastanienbaums – ein Müßiggänger. Bienzle hebt einen Zweig auf und malt Kreise in den feinkörnigen Kies.

«Was machst du denn da?»

Ein vielleicht fünfjähriges Mädchen steht vor ihm. «Ich denke ein bißchen nach.»

«Warum?»

«Ja, weißt du, ich muß herausfinden, warum erwachsene Leute sich manchmal so schlimme Streiche spielen, sich ärgern, beschimpfen, manchmal sogar schlagen oder gar umbringen.»

«Ist das dein Beruf?» Das Mädchen hat sich jetzt vor ihm mitten auf den Weg gesetzt und blickt zu ihm auf.

«Ja, das ist mein Beruf.»

«Das ist aber komisch.»

«Da hast du recht», sagt Bienzle.

Ein etwa zehnjähriger Junge kommt, packt das Mädchen am Handgelenk und sagt sehr streng: «Komm mit – du weißt doch, daß du mit fremden Männern nicht reden sollst.»

Das Mädchen zetert.

«Moment mal», sagt Bienzle, «du hast ganz recht, junger Mann, aber sieh mal her . . .» Er zeigt seinen Dienstausweis. «Weißt du, was das ist?»

Der Junge blickt mißtrauisch auf die mit einem Farbbild Bienzles ausgestattete Karte. Plötzlich bekommt sein Gesicht einen angespannten Ausdruck. «Sind Sie von der Kripo?»

«Erraten», sagt Bienzle. Und dann: «Sag mal, du paßt wohl sehr gut auf deine Schwester auf?»

«Muß ich ja», sagt der Junge. «Warum?»

«Ach, weißt du, ich sitze oder hänge gerade an einem Fall, bei dem es auch um Bruder und Schwester geht . . .»

«Ein Mordfall?» fragt der Bub.

«Ja. Aber nicht, daß du denkst, der Bruder hat die Schwester umgebracht; die beiden leben, und sie verstehen sich so gut wie ihr zwei . . . Aber jetzt muß ich abhauen.»

«Schade», sagt der Junge, und seine Schwester echot «schade . . .»

Bienzle trottet zum Parkausgang. »Wenn nun aber der Bruder für die Schwester getötet hat?» fragt er sich laut.

Eine Frau, an der er vorbeigeht, bleibt ruckartig stehen und schaut ihn entgeistert an.

«Nichts für ungut», sagt der Kommissar, «ich arbeite an meinem Text . . .» Er deutet mit dem Daumen zu den Studios hinauf.

«Ach so!» sagt die Frau und schaut ihn plötzlich voller Bewunderung an.

Am Parkausgang findet Bienzle ein Taxi. Er läßt sich zur Pizzeria Fontana chauffieren – eine Laune.

In der Pizzeria ist noch kein großer Betrieb; nur an drei Tischen sitzen Männer, offensichtlich Italiener, vor Rotweingläsern. Bienzle geht zur Theke. Breda wäscht Gläser ab. Ihre Blicke begegnen sich.

«Ich suche Frau Fontana», sagt der Kommissar.

«Im Obergeschoß», sagt Breda.

«Interessieren Sie sich eigentlich für Frau Korbut?» fragt Bienzle.

«Ich weiß nicht, was Sie das angeht.»

«Nichts natürlich», sagt Bienzle; «aber immerhin hält die Dame Sie für einen attraktiven und interessanten jungen Mann.»

Breda wird rot.

Bienzle läßt ihn stehen und geht in Richtung Treppenhaus. An dem Perlenvorhang dreht er sich noch einmal um und ruft zu Breda hinüber: «Ich kann mir nicht helfen, aber heute ist wirklich ein schöner Tag – finden Sie nicht?» Dann schlagen die Perlenschnüre hinter seinem breiten Rücken zusammen.

Bienzle klopft an die Tür von Fontanas Büro.

«Avanti!» ruft eine helle Frauenstimme.

Der Kommissar kann sein Erstaunen nicht verbergen. Diese helle Stimme kommt aus einem gewaltigen Resonanzkörper. Bienzle erinnert sich an den Ausspruch eines Kegelbruders: In Italien sind die Frauen rank und schlank bis zum ersten Kind, dann gehen sie auseinander wie Dampfnudeln . . .

«Frau Fontana?» fragt er.

«Ja?»

«Mein Name ist Bienzle. Ich bin ein Bekannter Ihres Mannes und Leiter der Stuttgarter Mordkommission . . . Darf ich mich setzen?»

Ihre fleischige dicke Hand deutet auf einen Sessel in der Besprechungsecke. Dann stemmt sie sich von dem Chefstuhl hoch und kommt um den Schreibtisch herumgewatschelt, um sich ihm gegenüberzusetzen.

«Ihr Mann ist verreist?» fragt er.

«Ja», sagt sie.

Dann tritt eine Pause ein.

«Ich will nicht um den Brei herumreden», sagt Bienzle schließlich; «Ihr Mann steht unter dem Verdacht, zwei Mordversuche angestiftet zu haben. Aber ich weiß, daß er nur ein Glied in einer Kette ist.»

In dem dicken weißen Gesicht liegen zwei quicklebendige, sehr aufmerksame dunkle Augen, die keine Sekunde dem Blick des Kommissars ausweichen.

«Ich das nicht wissen», sagt sie. «Wir Geschäftsleute.»

«Lassen wir das», sagt Bienzle; «wir können uns zwei Stunden lang solche Geschichten erzählen und kommen keinen Schritt weiter. Ich will nur zwei Dinge wissen: Wer ist Alfons? Und wo finde ich ihn?»

Einen Augenblick lang scheint es ihm, als hätten sich die ohnehin zu kleinen Augen verengt. Frau Fontana ordnet die Falten ihres Rocks und schaut Bienzle unverwandt an.

«Sie kennen ihn nicht?»

«No.»

«Noch nie von ihm gehört?»

«Si, doch. Ich habe gehört.»

«Und?»

Wieder tritt eine Pause ein. Bienzle wartet geduldig. Ihre Blicke haben sich aneinander festgesogen. Bienzle denkt, jetzt bloß nicht nachgeben.

«Fragen Sie doch Doktor Bäuerle», sagt die Fontana.

«Na, das ist doch immerhin etwas!» Bienzle erhebt sich und will der Frau die Hand geben.

Sie wendet ihren Kopf stolz ab. Überrascht schaut er auf sie hinab. Da sieht er, daß zwei Tränen langsam über das dicke weiße Gesicht hinabfließen bis zum Kinn, dort ein wenig zittern, sich lösen und synchron auf den ausladenden Busen hinabstürzen.

«Vielleicht ist heute doch kein so schöner Tag», sagt Bienzle leise und geht hinaus.

«Schmuck im Wert von 4,5 Millionen Mark oder mehr», berichtet Haußmann, «wurden in einem Zeitraum von nur vier Wochen im Raum Essen–Düsseldorf bei Einbrüchen erbeutet. Übrigens deuten die elf Einzeltaten darauf hin, daß immer dieselben Täter am Werk waren.» Der junge Polizist liest seinen Kurzbericht wieder vom Schreibblock ab.

Bienzle sitzt ihm gegenüber. Vor ihm liegen auf einem Pappteller zwei kalte Koteletts, von denen er abwechselnd abbeißt wie von einem Stück Brot.

«Das könnte der ‹Sack voller Klunker› sein, wie Max Grüner es nennt», sagt er mit vollem Mund. «Irgendwelche Spuren?»

Haußmann schüttelt den Kopf.

Gächter sagt: «Wird Zeit, daß wir uns den Herrn Dr. Bäuerle und seine sexy Schwester noch mal vorknöpfen.»

Bienzle nickt: «Herr Haußmann, besorgen Sie uns einen Dienstwagen, wir fahren zu dritt.»

«Dr. Bäuerle ist nicht zu Hause; er ist nach Baden-Baden gefahren», sagt eine sehr gepflegte Dame mit weißem, leicht geblautem Haar, die den drei Kriminalbeamten geöffnet hat.

«Dürfen wir trotzdem für ein paar Augenblicke hereinkommen?» fragt Gächter und fügt schnell noch ein «gnädige Frau» hinzu.

«Ja, ich weiß nicht recht . . .»

«Wir haben ein paar Fragen an Sie, und es wäre nicht sehr diskret, diese Fragen hier vor dem Haus zu stellen», schaltet sich Bienzle ein.

«Ich weiß nicht, ob Herr Dr. Bäuerle einverstanden wäre», sagt sie, macht dann aber doch eine einladende Handbewegung.

«Sie sind die Hausdame des Herrn Rechtsanwalts?» fragt der Kommissar und weiß nicht so recht, ob er das richtige Wort getroffen hat.

«Ja, ich kümmere mich um den Haushalt hier.»

Bienzle, Gächter und die Dame des Hauses haben sich in tiefen Sesseln niedergelassen, während Haußmann sich unauffällig in Richtung Arbeitszimmer bewegt. Gächter, der den jungen Kollegen aus den Augenwinkeln beobachtet, sagt, als Haußmann die Tür erreicht:

«Es geht um Mord, Frau . . . Wie war Ihr Name?»

Völlig verdattert sagt sie: «Freudenreich – Erika Freudenreich . . .»

Sie ist bleich geworden.

Bienzle beruhigt: «Du sollst Frau Freudenreich nicht so überfallen! Noch ist nichts bewiesen.»

«Aber Sie denken doch nicht, daß Herr Dr. Bäuerle . . .» Ihre Stimme zittert.

«Wissen Sie, wo der Herr Rechtsanwalt am vergangenen Wochenende war?» fragt Bienzle.

«Nein. Ich pflege ihn nicht zu fragen, wo er hinfährt.»

«Aber heute wissen Sie, daß er nach Baden-Baden gefahren ist», sagt Gächter.

«Ja, aber das ist eine Ausnahme. Er hat mir aufgetragen, ihn sofort im Hotel Brunner zu benachrichtigen, wenn etwas Außergewöhnliches . . .»

«Bekommen Sie öfter solche Aufträge?» wirft Bienzle ein.

«Nein, eigentlich nicht.»

Bienzle sagt liebenswürdig: «Da haben wir nun ein kleines Problem . . . Sie dürfen ihn jetzt auf gar keinen Fall anrufen! Wir müssen das verhindern, verstehen Sie?»

«Nein. Ich lasse mir von Ihnen keine Vorschriften machen.»

Bienzle fühlt, wie dicke Schweißtropfen auf seine Stirn treten. Er sieht hilfesuchend zu Gächter hinüber. Der ist cool wie immer.

«Dann müssen wir Sie wohl vorübergehend festnehmen, gnädige Frau.»

«Unterstehen Sie sich!» sagt sie.

Bienzle lächelt; ihm ist plötzlich eine Lösung eingefallen. Er geht zum Telefon, ruft die Polizeizentrale an und läßt sich die Nummer der Baden-Badener Kripo geben. Dann wählt er erneut, wird mit Hauptkommissar Walter verbunden und sagt:

«Grüß Gott, Herr Kollege. Wir haben ein Problem. Bei euch im Hotel Brunner wohnt der Rechtsanwalt Bäuerle. Er hängt in dieser Jarosewitch-Geschichte drin. Nun sind wir hier bei seiner Hausdame, und die hat den Auftrag, ihn sofort zu benachrichtigen, wenn was los ist. Sie läßt sich davon auch nicht abhalten . . . Sie verstehen?» Und nach einer Pause: «Genau – so haben wir uns das auch vorgestellt . . . Im übrigen werden wir wohl heute noch bei Ihnen aufkreuzen. Bis dann, Herr Kollege!»

Bienzle setzt sich wieder und sagt zu Frau Freudenreich:

«Ich kann Sie gut verstehen, aber glauben Sie mir, der Fall ist ernst, sonst würden wir auf solche Methoden ganz bestimmt verzichten.»

Haußmann kommt aus Bäuerles Arbeitszimmer, und sofort springt die streitbare Dame auf:

«Wo kommen Sie her? Was erlauben Sie sich eigentlich?»

«Entschuldigung», sagt Haußmann linkisch, «ich habe die Toilette gesucht und mich in der Tür geirrt.»

Bienzle kann sich nur mit Mühe beherrschen; Gächter sagt tiefernst:

«Unser junger Kollege stellt sich manchmal wirklich unbeholfen an; er muß noch viel lernen, gnädige Frau.»

Dann verabschieden sie sich.

Im Auto zieht Haußmann ein rot gebundenes Adreßbüchlein aus der Jackentasche. «Beim Durchblättern habe ich festgestellt, daß da nicht nur Namen, sondern an manchen Stellen auch nur Initialen auftauchen. Sehen Sie, gleich auf der ersten Seite: ein großes A. und dann eine Nummer mit der Vorwahl 07221 – das ist Baden-Baden.»

«Soviel Schwein kann man doch gar nicht haben!» murmelt Gächter.

«Stellen Sie doch mal eine Funkverbindung zur Zentrale her», sagt Bienzle. «Manchmal ist es ja auch ein Vorteil, einen Dienstwagen zu haben.»

Haußmann bittet, festzustellen, wer der Anschlußinhaber der Nummer 76 42 91 in Baden-Baden ist.

Gächter, der steuert, fragt: «Ich gehe doch recht in der Annahme, daß wir die Richtung Baden-Baden nehmen?»

«Du gehst recht», bestätigt Bienzle.

«Und was geschieht, wenn die alte Dame den Bäuerle warnt?» fragt Haußmann.

«Kein Problem.» Bienzle winkt ab. «Die Baden-Badener Kollegen sorgen dafür, daß ein Anruf der Dame nicht durchgestellt wird.»

Das Funkgerät piept. Haußmann greift nach dem Hörer und meldet sich. Aus dem Lautsprecher kommt die Stimme des Kollegen aus der Zentrale: «Der gesuchte Anschlußinhaber ist Alfons Jarosewitch, hinten mit t und ch, wohnhaft Baden-Baden, Obere Bergstraße 27.»

Für Sekunden herrscht Stille. Gächter hat den Wagen ruckartig zum Stehen gebracht.

«Verstanden?» fragt die Stimme aus dem Lautsprecher ungeduldig.

«Verstanden», sagt Haußmann.

«Ich werd verrückt!» sagt Gächter.

«Heiligs Blechle!» sagt Bienzle.

Es ist kurz nach fünf Uhr nachmittags, als der schwarze Dienstmercedes Baden-Baden erreicht. Hier ist es noch um ein paar Grade wärmer als in Stuttgart, aber die Luft ist frischer; vom Schwarzwald her weht eine leichte Brise. Bienzle trocknet sich den Schweiß von der Stirn und atmet ein paarmal tief durch. Sie haben das Auto direkt am Kurpark abgestellt. Spaziergänger promenieren gemessenen Schritts unter den ausladenden Bäumen entlang. «Sehen alle aus wie Engländer», sagt Bienzle.

«Fast die Hälfte aller Baden-Baden-Urlauber kommt aus Großbritannien», weiß Haußmann.

«Und das bei der Krise, die die haben», sagt Gächter.

Ein Paar schlendert an ihnen vorbei, sie im sportlichen Jackenkleid, er im karierten Jackett mit schick aufgesetzten Lederflecken auf den Ellbogen, ganz Lord und Lady. Da hören sie, wie der Mann zu seiner Begleiterin sagt:

«Weeßte, wenn et de Hanna mit de Kinder nich schafft, kannste nich erwarten, dasse ooch noch im Jeschäft wat tut . . .»

«Damit könnten wir wohl unsere soziologischen Studien beenden und uns wieder dem Fall Jarosewitch zuwenden», feixt Gächter und geht auf die Polizeidirektion zu.

Das Dienstzimmer des Kriminalhauptkommissars Walter ist geräumig und sehr viel hübscher eingerichtet als Bienzles und Gächters Bude in der Stuttgarter Dorotheenstraße. Der Blick durch das weit geöffnete Fenster geht auf alte Bäume hinaus.

«Schön hier», sagt Bienzle neidisch.

Walter kommt gleich zur Sache. «Ihr Dr. Bäuerle ist bei uns kein Unbekannter. Wir kümmern uns immer ein wenig um unsere ständigen Spielbankgäste.»

«Ist er denn das, ein ständiger Spielbankgast?» fragt Bienzle.

«Seit Jahren. Nach Meinung unseres Informanten hat er in dieser Zeit gut und gern 100000 Mark verspielt. Gelegentlich gewinnt er natürlich auch.»

«Haben Sie im Hotel etwas erreichen können?» fragt Bienzle.

«Ja; der Portier sorgt dafür, daß Gespräche vorderhand nicht durchgestellt werden. Übrigens habe ich dasselbe auch für Bäuerles Schwester angeordnet.»

«Ach – die ist auch hier?»

«Wußten Sie das nicht?»

«Nein, aber es wundert mich auch nicht», sagt Bienzle, «sie wohnt auch im Hotel Brunner?»

«Ja. Zimmer an Zimmer mit ihrem Bruder.»

Ein Mädchen bringt Kaffee in hübschen blau gemusterten Tassen.

«Ich kann mir nicht helfen, aber hier ist wirklich alles einen Schuß gepflegter als bei uns», meint Bienzle bewundernd.

Sie sitzen gemütlich in der Runde, trinken ihren Kaffee.

«Das ist einer meiner seltsamsten Fälle bisher», sagt Bienzle. «Alles paßt zusammen, aber wir haben keinen Beweis . . . Kennen Sie vielleicht einen Alfons Jarosewitch?» fragt er Walter.

«Ist das nicht Ihr Toter aus dem Tunnel?»

«Nein, der hieß Knut mit Vornamen. Es könnte ein Bruder sein oder sonst ein Verwandter. Wir haben eine ganze Menge Hinweise auf ihn; er scheint so etwas wie der Mann im Hintergrund zu sein.»

«Hört sich alles ein bißchen dünn an», meint Walter.

«Ist es auch», sagt Gächter. «Die eigentlichen Drahtzieher sind völlig abgeschottet. Wir haben zwar den Mann, der in den letzten beiden Tagen versucht hat, zwei Frauen umzulegen, die als Zeugen interessant waren, aber er bekam seinen Auftrag von einem gewissen Fontana, und der ist inzwischen verschwunden . . . Bis zu ihm läßt sich alles rekonstruieren, aber dann reißt der Faden ab. Es gibt zwar kaum einen Zweifel, daß er mit Bäuerle und Alfons Jarosewitch Kontakte hatte, ja, daß er wahrscheinlich sogar von einem der beiden Aufträge erhielt, aber da ist nichts hartzumachen.»

«Wissen Sie, wo dieser Jarosewitch wohnt?» fragt Walter.

«Obere Bergstraße 27», antwortet Haußmann eilfertig.

«Gut; dann werden wir das Haus mal ein wenig überwachen lassen . . . Eine Überwachung für Bäuerle und seine Schwester habe ich bereits angeordnet.»

«Vielen Dank! Aber ich fürchte, das alles bringt uns auch nicht weiter. Dieser Fall ist mit Routine überhaupt nicht zu lösen. Und Phantasie ist eigentlich mehr dein Ressort», sagt Bienzle zu Gächter.

«Na ja . . .» Gächter erhebt sich schlaksig, um seine Lieblingsstellung im Türrahmen einzunehmen. «Nehmen wir mal an, die drei Edelganoven treffen sich hier, um ihren Coup abzuschließen . . .»

«Reine Vermutung!» wirft Bienzle ein.

«Natürlich. Aber daß sie sich zumindest beraten wollen, liegt doch nahe. Dann könnte eine Überrumpelung im richtigen Augenblick vielleicht was bringen . . .»

Bienzle schüttelt zweifelnd den Kopf. Haußmann hat eine Idee:

«Und wenn nun einer von uns mit einem Angebot an sie herantritt?»

Bienzle sieht ihn an. «Wie meinen Sie das?»

«Nun, es kann sich doch herumgesprochen haben, daß man Schmuck nach Jarosewitchs Tod bei dessen Schwager oder bei der Witwe absetzen kann.»

«Die Weiße Wolke!» sagt Bienzle.

«Wie bitte?» fragt Haußmann erstaunt.

«Ich kenne einen Mann, der schon einmal mit Jarosewitch Geschäfte gemacht hat . . . Er wird Weiße Wolke genannt, weil er gelegentlich im Captagon-Rausch herumläuft. Er ist ein ganz weltläufiger Typ, solange er Geld hat; wenn er pleite ist, haust er in Stuttgart im Männerwohnheim.»

«Jaaa . . .» überlegt Gächter. «Das könnte vielleicht funktionieren!»

«Dann hätten Sie aber auch nur bewiesen, daß das Trio im Schmuckgeschäft tätig ist», wendet Walter ein.

«Stimmt.» Bienzle nickt. «Aber mal angenommen, wir kriegen die Verbindung zu dem Herrn in der Bergstraße, und wir bekommen einen Hausdurchsuchungsbefehl, und wir finden . . .» Er seufzt. «Na, das sind ja wohl doch mehr Hirngespinste.»

«So viele Hypothesen haben wir sonst in zehn Fällen zusammengenommen nicht», murrt Gächter.

«Dabei sind Hypothesen seine Stärke», sagt Bienzle zu Walter.

Der meint nur: «Einen Fehlschlag muß man immer einkalkulieren.»

«Zuerst lassen wir mal die Weiße Wolke herbringen, und wenn es geht, auch die Frau Korbut . . . Du könntest das mal organisieren.» Bienzle sieht Gächter an.

«Gollhofer kann das machen», sagt Gächter. Er geht ins Vorzimmer, um Bienzles Anordnung telefonisch nach Stuttgart weiterzugeben.

Inzwischen tut Bienzle etwas, was ihm sonst ziemlich verhaßt ist: Er arbeitet einen Plan aus.

Drei Stunden später sitzt die Weiße Wolke alias Hans Hartmann dem Kommissar in den ‹Schwarzwaldstuben› gegenüber. Sie essen beide Kalbsgeschnetzeltes mit Rösti. Hartmann trägt einen abgeschabten Anzug, der einmal sehr teuer gewesen sein muß, und distanziert Bienzle durch blendende Tischmanieren.

«Ein sehr brauchbares Lokal», stellt er fest; dann fügt er hinzu: «Aber wenn die Polizei solche Spesen macht, steckt bestimmt irgendeine Lumperei dahinter!»

Bienzle nickt bestätigend und kaut weiter.

«Wollen Sie mir denn nicht endlich sagen, was gespielt wird?» fragt sein Gast.

«Gleich», sagt der Kommissar mit vollem Mund und bestellt zweimal Vanilleeis mit heißen Himbeeren und zweimal Mokka.

«Man bestellt das nicht gleichzeitig», rügt die Weiße Wolke.

«Oh!» Bienzle hat den Mund inzwischen leer. «Pardon!»

«Also – was ist?»

«Wir haben da ein Problem», beginnt Bienzle vorsichtig. «Sie kannten doch Jarosewitch?»

«Flüchtig.»

«Um so besser.» Bienzle nimmt das Eis dem Kellner mit einem befriedigten Grunzen ab und übersieht Hartmanns Stirnrunzeln.

«Von dem Mord haben Sie gehört, nehme ich an?»

«Stand ja in allen Zeitungen.»

«Gut. Wir nehmen an, daß Jarosewitch von Leuten umgelegt wurde, die ihn aus dem Geschäft haben wollten. Oder denen er das Geschäft vermasselt hat . . . Wie gesagt, es ist noch eine Theorie. Auf alle Fälle wurde vor einigen Wochen im Ruhrgebiet ein großer Posten Juwelen, Goldschmuck und so weiter bei verschiedenen Einbrüchen zusammengetragen . . .»

«Wollen wir vielleicht noch etwas Käse nehmen?» schlägt die Weiße Wolke vor. «Obwohl man den Käse eigentlich nicht nach dem Kaffee nimmt.»

Bienzle bestellt eine Käseplatte und fährt dann fort: «Es ist möglich, daß dieser Schmuck – Wert: etwa viereinhalb Millionen – über Jarosewitch weiterverkauft werden sollte, daß aber seine Frau, sein Schwager Dr. Bäuerle und noch ein dritter Verwandter versucht haben, ihn auszutricksen. Er ist dahintergekommen und hat seinerseits versucht, seine bucklige Verwandtschaft aufs Kreuz zu legen. Das hat er dann mit dem

Leben bezahlt.»

«Ein hübscher kleiner Krimi», meint Hartmann und verteilt kleine Camembert-Stückchen auf ebensogroße Weißbrothäppchen. «Aber ich verstehe immer noch nicht, was ich dabei soll.»

«Das können Sie jetzt auch noch nicht verstehen», sagt Bienzle kauend. «Sie sollen uns den Beweis liefern, daß das Schmuckgeschäft jetzt über die Witwe abgewickelt wird.»

«Sie glauben doch nicht im Ernst, daß ich bei so etwas mitmache?»

«Ich will's trotzdem versuchen.»

«Vorstellungen haben Sie! Ich kann mir schon denken, wie Sie sich das zurechtgelegt haben: Ich soll zu Frau Jarosewitch gehen und ihr irgendwelchen Plunder anbieten, den Sie vorher präparieren. Sie ist begeistert, drückt mir ein paar Riesen in die Hand; ich zische ab, gebe Ihnen sofort Nachricht ... Und nachher bin ich Ihr Zeuge, für meine Freunde ein für allemal passé – ein Polizeispitzel ... Ausgeschlossen!»

«Daß so etwas mit Ihnen nicht zu machen ist, ist mir doch völlig klar», sagt Bienzle. Und dann hat er einen seiner spontanen Einfälle: «Aber Ihre Rolle sieht ganz anders aus. Sie sollen genau das Gegenteil tun.»

«Das Gegenteil?»

«Ja, da wundern Sie sich, was?» Bienzle bestellt befriedigt zwei Calvados.

Während Bienzle mit der Weißen Wolke tafelt, sitzt Haußmann verlegen Frau Korbut gegenüber. Sie haben einen ruhigen Tisch im Hotel Forellenhof und speisen stilgerecht Forelle, mit Mandeln überbacken.

«Herr Bienzle ist der Ansicht, daß Herr Dr. Bäuerle etwas mit der Ermordung seines Schwagers zu tun hat. Ob man das nun glaubt oder nicht – vieles spricht immerhin dafür –, für Herrn Bäuerle wird das eine schwierige Sache. Und für Sie auch, Frau Korbut, denn die nächste Aktion wird wohl sein, daß man Sie und Herrn Bäuerle, der hier im Hotel Brunner abgestiegen ist, überraschend konfrontiert ... Das dumme ist: Wir wissen, daß Herr Bäuerle Sie einige Male besucht hat – und wir wissen inzwischen sogar, warum.»

Irene Korbut hat ihr Fischbesteck aus der Hand gelegt und starrt den jungen Polizisten ungläubig an. «Dieser Bienzle schreckt wohl vor gar nichts zurück», sagt sie bitter.

«Schon möglich.» Haußmann wird es immer unbehaglicher.

«Also gut», sagt sie, «Herr Dr. Bäuerle hat sich um mich bemüht ... Ist das strafbar?»

«Natürlich nicht ... Essen Sie doch bitte weiter.»

«Mir ist der Appetit vergangen.»

«Herr Dr. Bäuerle wollte offensichtlich zusammen mit seiner Schwester das Geschäft des Herrn Jarosewitch an sich bringen. Er hat sich um Sie bemüht, weil er wollte, daß Sie in Zukunft für ihn arbeiten ... Vielleicht ging es ihm aber auch nur darum, von Ihnen zu erfahren, wann der nächste Posten Schmuck angeliefert wird.»

«Das glaube ich nicht!»

«Es tut mir ja wirklich leid», sagt Haußmann, «aber Herr Breda – Sie wissen schon, der Kellner aus der Pizzeria – hat uns dafür eine ganze Menge stichhaltiger Indizien gebracht. Er ... Ich meine, er ist sehr an Ihnen interessiert, und ... Nun, wie soll ich sagen – er versuchte, Sie zu beschützen.»

Irene Korbut schüttelt den Kopf.

Haußmann rutscht auf seinem Stuhl hin und her, gießt Wein nach, zündet sich eine Zigarette an, die er gleich wieder ausdrückt, weil seine Tischpartnerin noch ihr Essen vor sich stehen hat. Aber er würde auch noch ganz andere Aufträge ausführen ... Da muß ich nun mal durch, denkt er und sagt, getreu nach Bienzles Drehbuch:

«Das mit der Gegenüberstellung hätte ich Ihnen sicher nicht sagen sollen, ich wäre dankbar, wenn Sie es vergessen ... Und bitte, nehmen Sie keinen Kontakt zu Herrn Dr. Bäuerle auf – das könnte Bienzles Konzept ziemlich durcheinanderbringen. Glauben Sie mir, Bäuerle ist nicht der Mann, den Sie schützen sollten.»

Irene Korbuts Gesicht bekommt einen verschlossenen Ausdruck. «Gut», sagt sie, «ich werde also warten, was kommt.»

«Das finde ich sehr nett von Ihnen.»

«Sie werden aber nicht erwarten, daß ich unter diesen Umständen noch mit Ihnen hier herumsitze ... Auf Wiedersehen», sagt sie und steht abrupt auf.

Während seine Kollegen mit unterschiedlichem Genuß den Produkten der Baden-Badener Gastronomie zusprechen, sitzt Gächter auf einem harten Drehstuhl in der Telefonzentrale des Hotels Brunner. Er hat sich ausgewiesen und den Portier dann gebeten, ein wenig darauf zu achten, wann Frau Jarosewitch oder Herr Dr. Bäuerle das Haus verlassen oder Besuch bekommen; Telefongespräche könnten nun wieder durchgestellt werden, hat er gesagt, und ob er vielleicht ein wenig auf dem laufenden gehalten werden könnte, wer telefoniert.

Der Portier war indigniert. «Es geht nicht, daß Polizisten bei uns in der Hotelhalle herumsitzen und womöglich unsere Gäste belästigen!»

Davon könne gar keine Rede sein, hat Gächter erwidert und vorgeschlagen, ihm einen Platz anzuweisen, wo er niemand stört und immer unterrichtet werden kann – «Wie wär's denn mit der Telefonzentrale?»

Der Portier hat ihm erklärt, daß dies seine Kompetenzen bei weitem überschreite, und den Geschäftsführer geholt. Gächter, lässig an der Rezeption lehnend, hat den Geschäftsführer gleich mit den Worten empfangen: «Ist Ihnen eine versteckte Observation lieber oder eine spektakuläre Festnahme hier im Foyer?»

Und dann ist alles ganz glatt gegangen. Jetzt sitzt er einem Mädchen gegenüber, das ohne Punkt und Komma redet, mal in den Hörer, mal mit ihm. Sie hat schon mit der Prominenz aus aller Welt telefoniert, sagt sie – mit Udo Jürgens und dem Schah, mit Willy Brandt und Heino; ein aufregender Job ist das, und jetzt mit der Polizei – also sie findet das richtig dufte, weil zur Zeit sonst eh nichts Besonderes los . . . «Hotel Brunner, guten Abend . . .»

Gächter sieht auf die Uhr. Es ist kurz nach neun. Wenigstens der Haußmann müßte inzwischen fertig sein, schließlich ißt der ja nicht so gern und ausgiebig wie Bienzle.

Punkt 21.34 Uhr kommt dann ein Anruf, der das Mädchen verstummen läßt. Sie gibt ihm einen Wink, und er greift zur Mithörmuschel. Kein Zweifel, das ist die Stimme von Frau Korbut; er hört noch den letzten Teil ihres Satzes:

«. . . muß bei Ihnen abgestiegen sein.»

«Dr. Bäuerle, sagen Sie?» fragt das Telefonmädchen und zwinkert Gächter zu.

«Ja, Dr. Bäuerle aus Stuttgart!» Es klingt ein wenig ungeduldig.

«Moment – ich verbinde . . .»

«Ja, hier Dr. Bäuerle.»

Gächter verzieht das Gesicht, weil er Leute nicht leiden kann, die ihren Doktortitel wie einen Vornamen hersagen.

«Lothar, ich bin's – Irene», sagt Frau Korbut; «es ist wichtig . . . Ich muß dich unbedingt sprechen.»

«Wo bist du denn?» fragt er.

«In Baden-Baden; man hat mich hergebracht, um . . . Ach, das ist alles so verworren und schrecklich!»

Plötzlich bekommt die Stimme Bäuerles einen schneidenden Ton: «Was soll das heißen – man hat dich hergebracht?»

In diesem Moment summt die Telefonzentrale; das Mädchen nimmt ab und macht Gächter aufgeregte Zeichen.

«Versuchen Sie mitzuhören!» flüstert er und hört selbst wieder in den Dialog Bäuerle–Korbut hinein.

«. . . die Polizei?» fragt der Rechtsanwalt noch schärfer.

«Ja. Sie wollen uns gegenüberstellen», sagt sie, und ihre Stimme klingt, als wolle sie gleich losweinen.

«Wo kann ich dich sehen?» fragt er.

«Ich wohne im Hotel Forellenhof, aber da wohnt auch dieser schreckliche Polizeimensch.»

Gächter grinst über beide Backen und sieht dabei das Mädchen an.

«Paß auf», sagt Bäuerle, «ich gehe in ein paar Minuten zur Spielbank; du kommst am besten auch hin. Du siehst dich erst um, ob jemand da ist, den du kennst, dann setz dich zu mir, ich werde im Vestibül in einem Sessel sitzen und Zeitung lesen . . . Hast du alles kapiert?»

«Ja, Lothar. Aber kannst du mir nicht sagen, was das alles . . .»

«Bis gleich», sagt er und legt auf.

Das Telefonmädchen drückt zwei Knöpfe und deutet wieder auf den Mithörer.

Die ist richtig tüchtig, denkt Gächter und schenkt ihr sein schönstes schiefes Lächeln.

«. . . ich weiß, das klingt sehr abenteuerlich», sagt die Weiße Wolke gerade, «aber Sie kennen Bienzle nicht – der ist noch zu ganz anderen Schweinereien fähig.»

«Aber es ist doch ungeheuerlich, daß er mir unterstellt, ich würde illegale Geschäfte machen!» sagt Frau Jarosewitch.

«Das finde ich ja auch, gnädige Frau. Und dann noch einen anständigen Menschen mit einem Packen Schmuck losschicken zu wollen, um Sie aufs Kreuz . . . Pardon, um Sie reinzulegen . . . Ich dachte, das kann man mit Hartmann nicht machen, da schiebe ich einen Riegel vor.»

Nanu? denkt Gächter; was ist denn in den gefahren? Der soll doch nur . . .

«Was hat er denn sonst noch gesagt?»

«Ach, der hat mir eine ganze Oper erzählt; das klingt alles noch viel abenteuerlicher. Da spielt sogar Mord . . . Aber das kann ich Ihnen jetzt nicht alles erzählen . . .»

Gächter klappt der Unterkiefer nach unten. Dieses Aas . . . Verpfeift der alles? Oder . . . Moment mal: Das kann natürlich auch ein Trick sein, im Auftrag von Bienzle, um die Weiße Wolke vertrauenswürdiger erscheinen zu lassen – klar; so wird's sein. Der Hartmann hat bisher noch nie . . . Clever, clever! – Und gleich darauf hat er den Beweis:

«Ach du karierte Scheiße!» sagt die Weiße Wolke. «Das hat mir noch gefehlt; jetzt steht dieser Bulle vor der Telefonzelle . . .» Und nach einer kurzen Pause, sehr laut: «Schatzi, es ist ja nur, weil ich hier einen alten Freund getroffen habe . . . Nein, ich werde mich nicht sehr lange aufhalten . . .» Dann, flüsternd: «Wir treffen uns in einer Stunde im Café Keller . . .» Und wieder laut: «Tschüüüüs!» Dann legt er auf.

«Haben Sie alles mitgekriegt?» fragt das Mädchen.

«Ich denke schon.»

«Am Anfang des Gesprächs hat der Mann gesagt, die Polizei will ihn zu Frau Jarosewitch schicken, um ihr gestohlenen Schmuck anzubieten, aber das ist eine Falle. Die Polizei will nämlich nur wissen, ob sie darauf anspringt oder so.»

«Ja, so kann es auch gewesen sein», sagt Gächter nachdenklich,und dann fragt er: «Haben Sie eigentlich immer Spätdienst?»

«Nein; morgen zum Beispiel nicht.»

«Na, dann würde ich doch sagen, wir . . .»

Aber weiter kommt Gächter nicht, denn der Portier steckt den Kopf durch die Tür und sagt mit einem Gesicht, als ob er sich vor jedem Wort ekeln müßte:

«Herr Dr. Bäuerle hat soeben das Haus verlassen.»

Gächter dankt außerordentlich verbindlich und ruft sofort Bienzle in der Polizeidirektion an, um den programmgemäßen Ablauf des ersten Aktes zu melden. Bienzle bestätigt dann auf Gächters Frage, daß die Weiße Wolke auftragsgemäß gehandelt hat, und sagt dann, wieder auf Bäuerle bezogen:

«Gollhofer wird ihm folgen . . . Und Gächter: daß mir ja jeder darauf achtet, daß die keinen von uns zu sehen kriegen!»

«'türlich. Alles wie besprochen.»

«Und wenn sich die Jarosewitch auf den Weg macht, folgst du ihr.»

«Auch das ist schon besprochen», sagt Gächter ärgerlich und legt auf.

Wenn Bienzle stillsitzen muß, während die anderen arbeiten, wird er unausstehlich.

Das Mädchen gibt ihm wieder ein Zeichen. Gächter greift nach der Muschel.

Frau Jarosewitch erzählt ihrem Gesprächspartner kurz und sehr präzis, was sie und ihr Bruder in der letzten halben Stunde erfahren haben. «Ich hab ein ganz schlechtes Gefühl, Alfons . . .»

Gächter nickt zufrieden.

«Das mußt du nicht haben, Liebling», sagt die sonore Stimme am anderen Ende der Leitung. «Die sind euch gefolgt, aber ich denke nicht, daß mich . . . Aber lassen wir das; man weiß ja nicht, ob die Leitung im Hotel nicht abgehört wird. Kommt gegen zwei Uhr zu mir; aber achtet bitte darauf, daß euch niemand folgt . . . Und kommt getrennt, ja? Vorausgesetzt natürlich, daß Lothar das auch für richtig hält.»

«Gut», sagt Hedwig Jarosewitch; dann bekommt ihre Stimme auf einmal einen weichen Klang, und die Augen der Telefonistin wirken auf einmal ganz verträumt. «Sag bitte: liebst du mich?» Und der Mann am Ende antwortet mit der Floskel, die alle Männer für solche Augenblicke parat haben: «Aber das weißt du doch, Liebling!»

Gächter erstattet Bienzle wieder Bericht. Dann passiert eine halbe Stunde gar nichts, außer daß Gächter mit der Telefonistin eine Verabredung für den nächsten Abend trifft. Kurz nach zehn kommt der Portier noch einmal:

«Frau Jarosewitch ist soeben weggegangen. Sie hat sich nach dem Café Keller erkundigt.»

«Sie sind ein außerordentlich tüchtiger Mann», sagt Gächter anerkennend, und zu dem Mädchen: «Ob Sie mir wohl noch mal eine Verbindung zur Polizeidirektion herstellen?»

«Für Sie tu ich doch fast alles!» schäkert sie und handelt sich dafür einen besonders bösen Blick des Portiers ein.

Bienzle nimmt Gächters Bericht entgegen, legt auf und sagt zu Walter:

«Und Sie sind sicher, daß Sie keinen Hausdurchsuchungsbefehl ergattern können?»

«Absolut sicher.»

«Do kenntescht doch uff dr Sau naus!» schimpft der Stuttgarter Kommissar. Aber dann geht er nicht auf der Sau naus, sondern entschließt sich spontan, in die Bergstraße zu fahren.

Walter gibt ihm einen jungen Kollegen mit einem Wagen mit. Er respektiert, daß dies Bienzles Fall ist, und mischt sich nicht ein.

Die Bergstraße schwingt in gut ausgebauten Kurven Richtung Schwarzwald einen großflächigen Hang hinauf. Haus Nr. 27 ist ein kleines Fachwerkgebäude, das hinter ein paar Tannen und Eiben versteckt liegt. Der Traum jedes Junggesellen, denkt Bienzle.

Zwischen den Bäumen erkennt man im Dunkel hellere Rasenflächen. Auf der Südseite eine geschützte Terrasse, die das Dach der Garage bildet. Im ersten Stock ist an die Hausecke ein kleiner Erker angebaut, der nach oben als Türmchen spitz zuläuft. Die gelben Butzenscheiben dieses Erkerchens sind erleuchtet. Der Beamte, der bis jetzt das Haus überwacht hat, berichtet, daß er seit etwa einer Stunde den Schatten eines Mannes eilig hinter den Fenstern hin und her gehen sah. Bienzle nickt, als ob er genau dies erwartet hätte. Dann schickt er die beiden Baden-Badener Beamten weg.

Jetzt steht er an eine der Tannen gelehnt und verfolgt aufmerksam den Schatten hinter den Fenstern. Wenig später geht das Licht im Treppenhaus an; dann sieht er die schmalen Fenster der Garage aufleuchten. Er schleicht sich auf Zehenspitzen an die Garage heran und versucht einen Blick hineinzutun, aber die Fenster liegen zu hoch. Neben dem Haus findet er einen Hackklotz, den er sehr vorsichtig an die Mauer der Garage heranrollt und aufstellt, wobei er leise flucht, weil ihn die schmerzende Schulter behindert. Leise ächzend klettert er hinauf. Er mag solche Pfadfinderspielchen nicht. Doch nur so kann er erkennen, was in dem kleinen, schmalen Raum vor sich geht.

Alfons Jarosewitch hat die Kofferraumhaube eines mattschwarzen Porsche geöffnet und packt Koffer hinein. Er macht das mit viel Übersicht und Ruhe und pfeift dabei leise vor sich hin.

Dann drückt er den Kofferraumdeckel zu und schaut auf die Uhr; Bienzle tut es ihm nach und stellt fest, daß es 23.13 Uhr ist – noch über zweieinhalb Stunden bis zu dem Termin, den Hedwig Jarosewitch mit diesem Mann verabredet hat. Jarosewitch verläßt die Garage; seine Schritte verklingen im Treppenhaus.

Bienzle steigt von seinem Ausguck herab und versucht vorsichtig, die Tür zur Garage zu öffnen. Sie ist verschlossen.

Die Nacht ist kalt. Bienzle zittert ein wenig, und vielleicht ist es nicht nur die Kälte, die ihn erschauern läßt. Wieder steht er unter der Tanne und beobachtet das Haus. Eine halbe Stunde lang bewegt sich nichts.

Bienzle schaut alle fünf Minuten auf die Uhr. Seine Gedanken machen wilde Sprünge. Er denkt daran, daß er wieder einmal seine Frau nicht angerufen hat. Dann erinnert er sich an das Bild in der Klinik, an das schmale lächelnde Gesicht mit den intensiven Augen. Er kann diese Erinnerung anknipsen wie ein Dia im Projektor. Darüber wundert er sich, denn normalerweise sind Erinnerungen an Menschen bei ihm eher verschwommen. In Gedanken hört er sogar die weiche Altstimme von Hannelore Schmiedinger . . . Dann denkt er wieder an die Mordsache Jarosewitch.

Vielleicht, denkt er, bin ich der Lösung des Falles ganz nahe . . . Nur selten packt ihn in solchen Situationen so etwas wie Jagdfieber; auch heute ist er seltsam unbeteiligt. Und dann kommt jener Zustand, der ihn oft kurz vor der Lösung eines Falles überkommt – die Angst vor dem Mißerfolg; die feste Überzeugung, irgendwo einen Fehler begangen zu haben, der im letzten Moment sämtliche Kalkulationen über den Haufen werfen wird . . . Es schüttelt ihn wieder, und er zieht sich die Jacke enger um die Schultern.

Ein Report fällt ihm ein, den er kürzlich irgendwo gelesen hat: In Schleswig-Holstein wurden 1973 rund 9000 Verbrechen untersucht, und bei siebzig Prozent aller Tötungsdelikte bestand eine ausgesprochene Täter-Opfer-Beziehung. Umgebracht wurden Ehemänner und Geliebte, Kinder und Eltern oder andere Verwandte, Hausgenossen und Arbeitskollegen . . . Drei amerikanische Analysen, die im gleichen Bericht erwähnt wurden, sprachen davon, daß die Opfer oft Menschen sind, die zum Getötetwerden neigen. Ein Satz daraus hat sich in seinem Kopf festgesetzt. *Man kann davon sprechen, daß häufig zwei potentielle Täter in einer Tötungssituation zusammenkommen und daß es nur dem Zufall überlassen bleibt, wer von den beiden Täter oder Opfer wird . . .* Manche Opfer nehmen manchem Täter einen Teil des Schuldigwerdens ab.

Unten im Tal schlägt es Mitternacht. Die Turmuhren sind sich nicht ganz einig; zwei hinken hinterdrein, und Bienzle ertappt sich bei der Überlegung, wer hier wohl nachgeht, die Katholiken oder die Protestanten . . . Da geht das Licht im Treppenhaus wieder an.

Bienzle pirscht sich an seinen Beobachtungsposten heran. Er steht auf dem Holzklotz, noch ehe Jarosewitch die Garage betritt. Und dann bekommt er Grund, sich zu wundern.

Jarosewitch geht zur Garagentür, öffnet sie, geht zum Wagen zurück, macht die Tür auf und löst die Handbremse. Das Auto rollt, von dem Mann leicht angeschoben, drei Meter vor; dann zieht Jarosewitch die Bremse wieder an. Er geht hinter das Auto und nimmt zwei breite Bretter von der Abdeckung der Arbeitsgrube heraus, die in dem Garagenboden eingebaut ist. Behend klettert er über ein paar Eisensprossen hinunter; dann kommt eine Kiste zum Vorschein, die Jarosewitch mit einer Schulter hochstemmt und über den Rand der Grube schiebt. Sie sieht so aus, als sei sie aus Stahlblech, und sie hat zwei solide Schlösser. Jarosewitch klettert aus der Grube, schleppt die Kiste zum Wagen – sie ist offensichtlich schwer –, klappt den Beifahrersitz vor und verstaut sie auf dem Rücksitz. Dann deckt er sie mit einer Wolldecke zu.

Wenn da der Schmuck drin ist, denkt Bienzle, dann heißt's wieder, dem Kerl fliegt wieder alles wie von selber zu . . . Aber in diesem Moment ist es für ihn schon gar keine Frage mehr, daß der Schmuck aus dem Ruhrgebiet just in diesem Stahlbehältnis ist.

Behutsam steigt er von dem Hackklotz und schleicht sich zur Garagentür vor. Er schielt um die Ecke und sieht gerade noch, wie Jarosewitch ein zweites Mal in die Grube hinabsteigt. Ein schmaler Lichtkegel gleitet über die dunklen Grubenwände. Bienzle legt sich flach neben den Porsche, um durch die Ritzen zwischen den Brettern etwas erkennen zu können. Und er erkennt etwas: Jarosewitch öffnet einen Werkzeugkasten, der in die Wand eingelassen ist, und holt eine Pistole heraus. Er dreht sie ein paarmal in der Hand hin und her, scheint unschlüssig zu sein, legt sie in den Kasten zurück und nimmt sie schließlich doch wieder heraus, um sie in die rechte Jackentasche zu stecken.

Bienzle richtet sich auf und wartet, bis Jarosewitch wieder aus der Grube geklettert ist und die Bretter ordnungsgemäß an ihren Platz gelegt hat. Er fängt wieder an zu pfeifen und will gerade zum Treppenhaus gehen, da tritt Bienzle vor und fragt im Konversationston:

«Sie wollen verreisen?»

Jarosewitch bleibt ruckartig stehen und dreht sich langsam um. «Wer sind Sie?» fragt er und faßt in die rechte Jackentasche.

«Lassen Sie die Pistole drin», sagt Bienzle und lädt ostentativ seine Dienstwaffe durch.

«Was für eine Pistole?»

«Ja, das möchte ich auch gerne wissen, was das für eine Pistole ist.» Bienzle lächelt selbstzufrieden. «Bevor Sie fahren, hätte ich gern ein paar Takte mit Ihnen geredet. Mein Name ist Ernst Bienzle, ich bin

Kriminalhauptkommissar und Leiter der Stuttgarter Mordkommission. Ich untersuche den Mord an Knut Jarosewitch.»

«Ach so», sagt sein Gegenüber, als ob damit alles erklärt wäre.

«Drehen Sie sich mal um, und heben Sie Ihre Hände an die Wand ... Einen Schritt zurück ... So ist es gut.» Bienzle tastet Jarosewitch ab, zieht die Pistole mit spitzen Fingern vorsichtig aus der Jackentasche und steckt sie in die eigene. «Gut so», sagt er dann; «können wir das Gespräch oben fortsetzen?»

«Gern», sagt Jarosewitch, lächelt Bienzle freundlich an und geht die schmale Treppe von der Garage zum ersten Stock hinauf.

«Und ein solches Idyll wollen Sie verlassen?» fragt Bienzle, als sie oben angekommen sind. Er sieht sich voller Bewunderung um. Alle Innenwände sind herausgenommen; nur das Fachwerk ist stehengeblieben. Die Balken teilen den Raum in verschiedene Flächen, ohne den Durchblick zu stören. Bequeme Ledersessel, Bücherregale und ein offener Kamin machen die Atmosphäre anheimelnd und gemütlich. An den Außenwänden moderne Graphik, sparsam verteilt. «Hier kann man's doch wirklich aushalten!»

«Ich habe ja auch nicht die Absicht, auszuziehen», sagt der adrette junge Mann. «Kann ich Ihnen etwas zu trinken anbieten?»

«Einen Whisky», sagt Bienzle, der noch immer die Dienstwaffe in der rechten Hand hält.

«Sind Sie ein Bruder des Ermordeten?»

«Nein; sein Sohn aus der ersten seiner drei Ehen.»

«Daß Sie nicht der Sohn seiner jetzigen Witwe sind, kann ich mir fast denken ...»

«Sehr intelligent», höhnt Jarosewitch.

«... sonst wär's ja auch eine echte griechische Tragödie», fährt Bienzle ungerührt fort, «frei nach Ödipus ... Denn daß Hedwig Jarosewitch Ihre Geliebte ist, werden Sie ja wohl kaum abstreiten.»

Jarosewitch bringt ihm den Whisky und setzt sich dann in einen der hellen Ledersessel. «Sie sind gefährlich, Kommissar», sagt er.

«Nein, eigentlich nicht; ich hab nur gute Informationen ... Wo waren Sie am vergangenen Wochenende?»

«Hier.»

«Zeugen?»

«Ich lebe, wie Sie sehen können, allein.»

«Also keine Zeugen», stellt Bienzle fest. «Was ist in der Metallkiste, die Sie auf dem Rücksitz verstaut haben?»

«Werkzeug.»

«O du liabs Herrgöttle vo Biberach, verkaufet Sie me doch net für so domm!» Bienzle geht zum Telefon, das auf einem der Querbalken steht; dabei hält er seine Pistole auf Jarosewitch gerichtet. Er wählt die Nummer der Polizeidirektion, fragt, ob Kommissar Walter noch im Hause sei, wird verbunden und bittet, einen Mann abzuholen, aber möglichst ohne Aufsehen; «. . . weil wir demnächst noch zwei Gäste hier erwarten.» Dann legt er auf.

«Das wissen Sie auch schon?» fragt Jarosewitch.

«Mhm . . . Und ich bin gespannt, was die beiden für Gesichter machen, wenn ich ihnen erzähle, daß Sie sich mit dem Schmuck im Wert von fast fünf Millionen aus dem Staub machen wollten. Weniger überrascht werden sie sein, wenn ich erzähle, daß ich die Tatwaffe bei Ihnen gefunden habe.»

«Haben Sie das?»

«Nun, das Kaliber stimmt; ob die Kugel, mit der Ihr Vater erschossen wurde, aus diesem Lauf stammt» – Bienzle hält die Pistole, die er Jarosewitch abgenommen hat, nun in der linken Hand – «wird die ballistische Untersuchung ergeben.»

«Wird die ballistische Untersuchung auch ergeben, *wer* geschossen hat?» fragt Jarosewitch trocken.

«Das wird vielleicht für die Geschworenen ein Problem; für mich reichen die Indizien. Sie, Herr Jarosewitch, sind hinreichend verdächtig, Ihren Vater erschossen zu haben.»

«Und Sie glauben, was Sie da sagen?»

«Vollinhaltlich.»

«Ich habe nicht geschossen.»

«Wer dann?»

Jarosewitch schweigt.

«Einer wird singen – darauf können Sie sich verlassen!» sagt Bienzle und ist sich dessen gar nicht so sicher. «Sie, Hedwig oder Bäuerle, der überschlaue Rechtsanwalt . . . Oder Heinrich Bernsteiner, der Allzweckangestellte; oder Fontana, wenn ihn die italienischen Kollegen dingfest gemacht haben. Oder Korbut, der schon sitzt. Oder Grüner. Oder am Ende alle miteinander . . .»

«Ein ganzer Chor, was?» Jarosewitchs hübsches Gesicht sieht plötzlich häßlich aus.

«Sind Sie Sportler?» fragt Bienzle.

«Gelegentlich.»

«Wissen Sie eigentlich nicht, daß dieses Match verloren ist?»

«Sie können recht haben», sagt Jarosewitch, «aber ich werde Ihnen Ihren Sieg ja wohl nicht noch erleichtern.»

Bienzle, in hunderten von Verhören erfahren, atmet innerlich auf. Das ist so ein Moment, in dem sich andeutet, daß der Widerstand zu bröckeln beginnt. «Bevor die Kollegen kommen, um Sie festzunehmen, will ich's doch noch mal versuchen: Wenn Sie Ihren Vater nicht erschossen haben, wissen Sie zumindest, wer es getan hat; schon Ihrem Vater zuliebe sollten Sie dann . . .»

«Meinem Vater zuliebe? Machen Sie sich nicht lächerlich!»

Plötzlich ist Bienzle hellwach. «Ja?»

«Sie würden es nicht verstehen und zudem noch falsch auslegen», sagt Jarosewitch.

«Sie könnten es immerhin mit einer Erklärung versuchen.»

«Ich habe meinen Vater nicht erschossen, aber ich bin nicht unglücklich darüber, daß es geschehen ist . . .» Plötzlich ist die Atmosphäre entspannt. Bienzle steckt die beiden Waffen weg, aber er hält die rechte Hand in der Tasche und den Finger am Abzug . . . «Weiter!» sagt er leise.

«Mein Vater wollte unbedingt einen ehrlichen und erfolgreichen Geschäftsmann aus mir machen – und dazu war ihm jedes Mittel recht: jede Strafe, jede Verunglimpfung . . . Ich weiß nicht, wie oft er vor Freunden, Verwandten und Bekannten gesagt hat: ‹Aus dir wird ja sowieso nichts!› Obwohl er einer der reichsten Männer der Stadt war, immer schon, hatte ich als Junge nie einen Pfennig. Wenn ich mal ins Kino wollte, mußte ich einem Freund das Geld abbetteln; wenn ich mal so etwas wie Familie erleben wollte, ging ich zu einem Schulkameraden, dessen Vater Vorarbeiter bei Bosch war. Da hatte ich dann ein paar angenehme Stunden, und wenn ich nach Hause kam, mußte ich es büßen . . . Ich will keine Lebensbeichte ablegen; ich will Ihnen nur erklären, warum ich keine besonderen Empfindungen für diesen Knut Jarosewitch aufbringen kann; er war mein Vater infolge bekannter biologischer Abläufe – darüber hinaus nicht.»

«Sie haben ihn neulich besucht, und seine Sekretärin erzählte mir, Sie hätten so etwas wie eine . . . Na, wie eine geschäftliche Konferenz gehabt. Sie kam da nicht auf den Gedanken, daß Sie auch nur entfernt verwandt sein könnten.»

«Ja, das stimmt. Ich habe diesen Besuch lange vorbereitet . . . Ich habe mich auf meine Art gerächt, verstehen Sie? Ich war ihm an diesem Tag geschäftlich über, und zwar auf seinem ureigenen Gebiet. Ich hatte einen Punkt erreicht, von dem an *er* für *mich* hätte arbeiten müssen, wenn er im Geschäft bleiben wollte.»

«Und Sie haben ihm die Frau weggenommen.»

«Das wußte er noch nicht. Aber er hätte es bald erfahren.»

«Hat er Sie enterbt?»

«Schon lange.»

«Hm, hm . . . Wie sind Sie an den Schmuck gekommen?»

«An welchen Schmuck?»

«An die Viereinhalb-Millionen-Beute da unten in Ihrem Porsche.»

Jarosewitch sieht Bienzle lange an, dann zuckt er die Achseln. «Sehr einfach: der Kurier hat das Zeug an mich übergeben statt an ihn.»

«Und der Kurier war Hedwig, geborene Bäuerle?»

«Sie werden sich wundern, warum ich Ihnen so bereitwillig Auskunft gebe . . .» Jarosewitch lächelt. «Ich sitze für das, was ich getan habe, noch nicht mal ein Jahr. Der Mord geht nämlich nicht auf mein Konto.»

«Also habe ich recht?»

«Ein bißchen Arbeit sollten Sie sich ja auch noch selber machen», sagt Alfons und holt sich noch einen Whisky.

«Das, was Sie da aus Ihrer Jugend erzählen, interessiert mich . . . Obwohl ich eher so ein Typ bin, wie Ihr Schulkamerad, zu dem Sie gegangen sind, wenn Sie einmal die – wie sagt man – Nestwärme einer Familie gesucht haben.»

«Wir sollten das lassen; es wird eh schon zuviel psychologisiert. Ich kann's auf eine einfache Formel bringen: Ich habe meinen Vater gehaßt; ich habe an nichts so intensiv und planvoll gearbeitet wie daran, es ihm zu beweisen – ihm zu zeigen, daß ich besser oder doch genauso gut bin wie er . . . Und ich war bereit, ihn dabei zugrunde zu richten. Wenn Sie ein Motiv gesucht haben, brauchen Sie jetzt nicht weiterzusuchen. Aber ich habe ihn nicht umgebracht . . . Sehen Sie, Herr Kommissar, das ist Ihr Problem: Manchmal haben Sie einen Täter, aber kein Motiv; jetzt haben Sie ein Motiv, aber keinen Täter.»

«Kann ich noch einen Whisky haben?» fragt Bienzle.

«Mit Vergnügen.»

Bienzle merkt, wie seine Hand, die immer die Pistole hält, sich immer mehr verkrampft; sie ist schweißnaß. Er zieht die Hand heraus, massiert sie und läßt sie dann doch wieder zurückgleiten.

Jarosewitch hat ihn beobachtet. «Sie trauen mir nicht?»

«Nein, ich traue Ihnen nicht.»

«Sie denken, ich könnte jeden Moment etwas Irrationales tun . . . Sie denken auch, ich hätte meinen Vater auf dem Gewissen.»

Bienzle fällt ein Satz aus dem Report ein, und ohne es eigentlich zu wollen, spricht er ihn laut vor sich hin: «Manche Opfer nehmen manchem Täter einen Teil des Schuldigwerdens ab . . .»

Jarosewitch bleibt auf dem Weg von der Hausbar zu Bienzles Sessel ruckartig stehen. «Ist das von Ihnen?» fragt er, und seine Stimme klingt auf einmal belegt.

«Nein», sagt Bienzle, «aber es paßt trotzdem. Sie sind vielleicht nicht der Mörder, aber das mit dem Schuldigwerden bezieht sich ja nicht nur auf den, der den Abzug betätigt; es trifft auch den, der nur will, daß ein anderer nicht weiterlebt.»

Jarosewitch setzt sich in einen Sessel und hat dabei noch beide Gläser in der Hand. «Ich dachte immer, Bewährungshelfer bekommt man erst nach Verbüßung der Strafe.»

«Ihr Vater hat Sie also ein junges Leben lang getriezt?» fragt Bienzle und zieht endlich die schweißnasse Hand aus der Tasche.

«Das sagte ich ja.»

Bienzle trinkt und sieht Jarosewitch über den Glasrand hinweg versonnen an. «Aber es ist ja doch was aus Ihnen geworden.»

«Im landläufigen Sinne, ja. Nur eben nicht das, was ich selber werden wollte. Ich bin eine Nachbildung, vielleicht auch eine Karikatur meines Alten . . . Wenn Sie wüßten! Er hat mal ein Buch von Rockefeller gelesen, von dem alten Rockefeller, dem Gründer der Dynastie . . . Begeistert war mein Vater, denn der alte Rockefeller schrieb pausenlos von den Entbehrungen seiner Jugend und von den Entbehrungen, die er seinen Söhnen zugemutet hat, damit sie tüchtige Männer werden sollten . . . Nun, die Rockefellers haben das wohl ausgehalten. Oder sie sind auch so geworden wie ich – bloß ist ihnen keiner auf die Schliche gekommen.»

«Und warum erzählen Sie gerade mir das alles?» fragt Bienzle, kippt seinen Whisky und bittet um Nachschub.

Auf dem Weg zur Hausbar sagt Jarosewitch: «Ich bin ziemlich realistisch. Daß ich aus dieser Falle, die Sie mir ja gestellt haben, nicht mehr rauskomme, das weiß ich . . . Ich könnte einen Versuch machen, aber der

Einsatz lohnt sich nicht. Ich bekomme ein Verfahren wegen Hehlerei, aber Mord ist nicht drin; Beihilfe auch nicht . . . Ich wollte genausowenig wie Hedwig, daß der Alte abkratzt; es hätte mir genügt, ihn aus dem Geschäft zu drücken und Hedwig so weit zu bringen, ihn zu verlassen und mich zu heiraten . . . Das mag alles ziemlich kriminell sein; die Strafen dafür kann man aushalten. Aber was passiert, wenn ich jetzt versuche, Sie über den Haufen zu schießen?»

«Womit?» fragt Bienzle rhetorisch, nimmt den Whisky entgegen, denkt, ich sollte aufhören zu trinken, und trinkt einen kräftigen Schluck. «Was wollten Sie denn damals werden?»

«Das beantworte ich Ihnen nicht», sagt Jarosewitch, «denn es würde zu kitschig klingen, zu romantisch, wissen Sie.»

«Akzeptiert», sagt Bienzle.

Das nimmt Jarosewitch für ihn ein. «Wollten Sie denn Kriminalkommissar werden?» fragt er.

«Nein, Musiklehrer», sagt Bienzle und trinkt das Glas aus.

«Noch einen?» fragt Jarosewitch.

«Danke nein . . . Oder doch – vielleicht noch einen Kleinen.»

Diesmal bringt Jarosewitch die Flasche mit.

«Wissen Sie», sagt Bienzle, «man sagt immer, zwischen Geiselnehmern und Geiseln entsteht so etwas wie eine mehr oder weniger enge Verbindung – eine rational nicht faßbare Solidarität . . .»

«Ja, das habe ich auch schon gehört. Und warum erzählen Sie mir das?»

«Weil ich das manchmal in meiner Branche auch erlebe – gewisse, sagen wir mal, Sympathien zwischen Tätern und Verfolgern.»

«Sympathisieren Sie mit mir?» fragt Jarosewitch ironisch.

«Das kann ich mir nicht leisten.»

«Sie sympathisieren mit mir, ohne es sich leisten zu können?»

«Sie sind es gewohnt, Menschen für sich einzunehmen, nicht wahr?»

«Sie auch, oder?»

Bienzle muß lachen. «Das gehört wohl auch dazu – daß Sie langsam anfangen, das Verhör umzudrehen? Aber ehe Ihnen das gelingt, muß die Flasche da leer sein!»

Jarosewitch schenkt nach.

«Wer hat geschossen?» fragt Bienzle ansatzlos.

Jarosewitch hebt die Whiskyflasche mit einem Ruck von Bienzles Glas. «Ich werde es Ihnen nicht sagen. Ich war es nicht; Hedwig war es auch nicht . . .»

«. . . und Bäuerle auch nicht», vollendet Bienzle.

«Richtig.»

«Aber er hängt mit drin!» stellt Bienzle nachdrücklich fest. Und als er keine Antwort bekommt, weiß er, daß er auf dem richtigen Weg ist, und er wünscht sich, daß die Kollegen noch nicht so schnell kommen.

«Also der Bäuerle, dieser schlitzohrige Rechtsanwalt – der hat das eingefädelt, ja?»

«Kein Kommentar.»

«Das bedeutet Zustimmung», sagt Bienzle ungerührt. «Und wer hat meinen Wagen zum Mordinstrument umfunktioniert?»

«Davon weiß ich nichts.»

«Wer hat geschossen?» fragt Bienzle wieder.

«Ich kann's Ihnen nicht sagen.»

«Sagen wir, Sie wollen nicht – na gut . . . Organisiert hat Bäuerle den Mord; Sie haben davon gewußt, und ausgeführt hat ihn ein Dritter.»

«Ich hab's eben *nicht* gewußt! Es war ja auch gar nicht nötig.»

«Aus Ihrer Sicht war es sehr wohl nötig; Ihr Herr Vater war auf dem Weg nach Venedig, um sich neu zu arrangieren – das mußten Sie verhindern, wenn Sie ihn endgültig aus dem Geschäft drücken wollten.»

«Woher wissen Sie denn das alles?» Alfons zeigt zum erstenmal Wirkung.

«Na, irgendwas müssen wir schließlich für Gehalt und Pensionsanspruch leisten.»

«Ach ja? Warum wissen Sie dann nicht, daß ich erst informiert wurde, nachdem alles geschehen war?»

Bienzle lacht. «Das erzählen Sie mal den Geschworenen!»

Jetzt treten Schweißperlen auf die Stirn des gepflegten jungen Mannes. «Herr Bienzle», sagt er in einer Art Vertraulichkeit, die den Kommissar sofort veranlaßt, seine Hand wieder Kontakt mit der Pistole aufnehmen zu lassen. «Sie müssen mir das glauben!»

«Ich muß gar nichts. Ja, doch. Ich muß die Wahrheit wissen.»

«Zugegeben: Ich habe die Initiative zu früh aus der Hand gegeben . . .»

«Der Junge, der tüchtiger als sein Vater sein wollte und der dann den Schwager gebraucht hat, um tüchtiger zu sein . . . Lassen Sie mich mal raten. Und gießen Sie mir noch einen ein!»

Jarosewitch gehorcht, und Bienzle fabuliert:

«Ich will nicht wissen, wie und warum Sie sich an Hedwig Jarosewitch, geborene Bäuerle, herangemacht haben. Auch nicht, wie Sie herausgebracht haben, daß Ihr ehrenwerter Vater sein Geld hauptsächlich mit krummen Geschäften verdient hat . . . Daß er Ihnen das zeitlebens verheimlichen wollte, nehme ich als bewiesen an?»

Jarosewitch nickt ergeben.

«Ihr Vater arbeitete eng mit Fontana zusammen, der ihm wohl auch noch die Treue hielt, als Bäuerle ihn unter Druck setzte – so weit, so gut. Irgendwann einmal haben Sie erfahren, daß Hedwig knifflige Kurierdienste übernimmt. So sind Sie an die Adressen der Lieferanten und der Empfänger gekommen – und wer den Schmuck so verkaufsträchtig veränderte, hatten Sie auch schnell heraus: Irene Korbut. Die hat der Bäuerle dann persönlich übernommen . . . Überhaupt hat Bäuerle immer mehr persönlich übernommen und einen großen Meister im Hintergrund aufgebaut – den Herrn Alfons . . . Das Stichwort und die Rolle hat er Ihnen im Laufe der Zeit immer exakter vorgeschrieben; schließlich waren Sie Bäuerles Marionette. Und das hat Ihnen auch alles nichts ausgemacht, denn schließlich versprach Ihnen Bäuerle ja, daß Sie es Ihrem Alten eines Tages zeigen könnten . . . Und er hat sogar Wort gehalten: Als der große Posten aus den Einbrüchen im Ruhrgebiet nicht bei Ihrem Vater ankam, statt dessen aber Sie bei ihm aufkreuzten und ihm womöglich sogar noch sagen konnten, Sie hätten bereits mit den Abnehmern – seinen bisherigen Kunden – abgeschlossen, da war für Sie der Vertrag sozusagen erfüllt . . . Aber Ihr Vater war Ihnen einmal mehr über: Er roch den Braten, hatte auch seine V-Leute und konnte sich die Sache zusammenreinem . . . Deshalb hat er Bäuerle aufgesucht; deshalb mußte er schließlich sterben . . . Was aber weder Bäuerle noch Ihr Vater wußten, das war, wo sich der Schmuck befindet. Wahrscheinlich hatte Hedwig behauptet, der Schmuck sei ihr nicht übergeben worden: Das erklärt auch, warum Bäuerle Jarosewitchs Büro durchsucht hat . . . Sie und Hedwig wollten sich aber mit diesem Batzen alleine absetzen.»

Alfons Jarosewitch hebt in einer hilflosen Geste die Schulter, sagt aber nichts.

«Das war der Grund, warum Grüner versuchen mußte, Irene Korbuts Laden auseinanderzunehmen. Und Hannelore Schmiedinger sollte sterben, weil keiner wußte, wieviel sie bei der Auseinandersetzung zwischen Ihnen und Ihrem Vater mitbekommen hatte . . . Und da wollen Sie nur ‹bedingt schuldig› sein!» Bienzle kippt sein Glas.

«Ich wußte wirklich nicht, daß . . .»

Bienzle unterbricht ihn mit einer wegwerfenden Handbewegung.

«Daß Sie von alledem nichts wußten, mag sogar stimmen – der eigentliche Boss des Unternehmens war Ihr Schwager, der schlaue Herr Doktor Bäuerle. Er konnte Ihnen gar nicht alles verraten, denn auch er hielt Sie für schwach und unzuverlässig. Insofern war er sich mit Ihrem Vater einig.»

Jarosewitch versucht noch einen schwachen Ausfall: «Und warum hätte er das alles tun sollen, mein Schwager?»

«Er hatte das älteste und bewährteste Motiv: Schulden», sagt Bienzle. «Sie können sich ja mal bei der Spielbank erkundigen.»

Jarosewitch schenkt stumm nach. Bienzle sieht zu ihm hinüber und muß sich dagegen wehren, Mitleid zu bekommen. «Liege ich denn mit dem allem so falsch?» fragt er schließlich.

Jarosewitch schüttelt den Kopf.

«Werden Sie mir das in einem schriftlichen Protokoll bestätigen?»

Wieder schüttelt Jarosewitch den Kopf.

«Dann machen Sie einen großen Fehler», sagt Bienzle, «denn der Bäuerle wird alle Schuld auf Sie abwälzen – mit dem ganzen Geschick des erfahrenen Winkeladvokaten . . . Sie werden schlecht aussehen. Dann hätte Ihr Vater praktisch noch einmal gewonnen.»

Jarosewitch sieht Bienzle lange an, dann sagt er: «Dort auf dem Regal steht eine Schreibmaschine; Papier ist in dem Schrank gegenüber . . .»

Zwei Polizeibeamte kommen und werden von Bienzle mit dem Auftrag, unauffällig in der Nähe zu bleiben, wieder weggeschickt. Bienzle tippt mit zwei Fingern. Jarosewitch sitzt in einem seiner weichen Sessel und sieht ihm unverwandt zu.

Punkt zwei Uhr klingelt Bäuerle. Er wird von Bienzle freundlich in Empfang genommen, mit Handschellen versehen und auf der Ledercouch plaziert. Bienzle verliest das Protokoll und erntet höhnisches, hohles, hysterisches Gelächter. Hedwig Jarosewitch kommt eine Viertelstunde später. Sie reagiert auf die gleiche Prozedur mit einem Weinkrampf, der erst endet, als Alfons Jarosewitch sie fest und ausdauernd in die Arme nimmt. Schließlich werden alle drei abgeführt.

Gächter und Haußmann, die zusammen mit den beiden Baden-Badener

Uniformierten gekommen sind, genehmigen sich rechtswidrig einen Cognac beziehungsweise einen Calvados aus Jarosewitchs Hausbar. Sie trinken sich zu, und Bienzle wird fast schlecht dabei. Er hat genug.

Gächter, der lässig an einem Balken lehnt, sagt in die folgende Stille hinein: «Und wer hat nun eigentlich den alten Jarosewitch erschossen?»

Darauf wird die Stille noch stiller.

Bienzle sagt: «Ein Mann, den Bäuerle dafür angeheuert hat.»

Da sagt der junge Haußmann: «Aber das ist doch gar nicht so schwierig – es ist wie bei einem Abzählreim: Ene, mene muh – drauß bist du . . .»

«Fangen Sie jetzt nicht an zu spinnen, das halt ich im Kopf nicht aus!» raunzt Bienzle.

Gächter ermuntert: «Na, dann zählen Sie doch mal aus!»

Haußmann, leicht beleidigt, aber seiner Sache sicher, deklariert: «Raus ist Bäuerle, raus ist Hedwig, raus ist Fontana, raus ist der junge Jarosewitch; Grüner raus und Korbut raus . . . Da ist nur noch einer . . .»

«Heinrich Bernsteiner», vollendet Gächter, ohne sein Pokergesicht zu verziehen.

«Nennen Sie das kriminalistische Arbeit?» fragt Bienzle bissig.

Gächter lacht. «Das ist geniale Intuition!»

«Und die Waffe?» fragt Bienzle, immer ärgerlicher.

«Ist doch klar!» sagt Haußmann. «Wenn Bäuerle den jungen Jarosewitch reinlegen wollte und wenn er den Mörder angestiftet, vielleicht sogar begleitet hat – dann liegt es doch nahe, daß er die Waffe dem jungen Jarosewitch unterschiebt.»

«So könnte es gewesen sein», meint Gächter.

«So könnte es gewesen sein, so könnte es gewesen sein!» äfft ihn Bienzle nach. «Noch in keinem Fall habe ich diesen blöden Satz so oft gehört!»

Zwei Stunden später, früh um fünf Uhr klingelt der Kriminalmeister Ganter in Begleitung eines uniformierten Beamten an Hedwig Jarosewitchs Villa. Verschlafen öffnet Heinrich Bernsteiner.

«Was wollen Sie denn?»

Ganter antwortet formvollendet: «Ich verhafte Sie wegen Mordes an Knut Jarosewitch, und ich mache Sie darauf aufmerksam, daß alles, was Sie im Weiteren sagen, gegen Sie verwendet werden . . .»

Bernsteiner reagiert blitzartig. Er knallt dem Kripobeamten seine Faust vor die Brust und rennt an dem taumelnden Ganter vorbei. Aber der Uniformierte, der Heini, den Allzweckangestellten, bereits nach dessen kurzem Disput mit Bienzle verfolgen wollte, der, der hundert Meter in zehnkommaneun läuft, hat ihn noch vor dem Gartenzaun erreicht und zu Boden gerissen.

Die Dogge, die inzwischen ebenfalls aus dem Haus getrottet kam, hält das Ganze für ein Spiel und tollt mit auf dem gepflegten Rasen herum.

Am nächsten Tag bittet Gächter seinen Chef, noch 24 Stunden in Baden-Baden bleiben zu dürfen; er darf und verbringt einen amüsanten Abend mit einer ständig redenden Telefonistin. Haußmann nimmt den nächsterreichbaren Zug nach Stuttgart, um seine Freundin noch vor dem Abendessen überraschen zu können. Bienzle kutschiert mit dem Dienstwagen zurück.

«Der Kommissar», erzählt Gächter seiner Tisch- und Tanzpartnerin, «sitzt jetzt bestimmt im Büro und feilt an seinem Bericht für die Pressekonferenz . . .»

Die Partnerschaft wird im Weiteren auf anderer Ebene fortgesetzt.

Aber der Hauptkommissar Ernst Bienzle sitzt im Karl-Olga-Krankenhaus, erzählt von Narciso Yepes, von einem Konzert Louis Armstrongs im Jahr 1961, das er nie vergessen wird, von seinen Versuchen, Bach wie Jacques Loussier zu spielen . . . Als er schließlich von einer Schwester, die ungewöhnlich nachsichtig gewesen ist, weggeschickt wird, küßt er seine Zuhörerin zweimal auf die Nasenspitze und, in einem Anflug von Wagemut, flüchtig sogar einmal auf den Mund.

Noch vom Krankenhaus aus ruft er Hanna, seine Frau, an. In zwanzig Minuten wird er zu Hause sein . . .

Hanna steht am Fenster. Sie winkt ihm ein wenig zaghaft zu, als er vorfährt. Er hebt die Hand zum Gruß und geht dann mit schweren Schritten ins Haus.

Der Tisch ist gedeckt. Das Zimmer ist blitzsauber und gemütlich wie immer. Mit routinierten Bewegungen trägt Frau Bienzle das Essen auf. Ernst Bienzle streckt sich. Er fühlt sich behaglich, geborgen und gelangweilt.

«Ich bin so froh, daß du wieder da bist», sagt Hanna und setzt sich neben ihren Mann auf die Sessellehne.

Bienzle ist, wenn er ehrlich ist, auch froh darüber.

Felix Huby

Der Atomkrieg in Weihersbronn
(2411)

Tod im Tauerntunnel
(2422)

Ach wie gut, daß niemand weiß . . .
(2446)

Sein letzter Wille
(2499)

Schade, daß er tot ist
(2584)

Bienzle stochert im Nebel
(2638)

Bienzle und die schöne Lau
(2705)

Bienzles Mann im Untergrund
(2768)

thriller rororo

C 1095/6